Die Reisen des Johannes

Johannes Welke, der Ich-Erzähler, ist ein kultivierter
und vermögender Frauenheld. Er besitzt ein Häuschen
mit Garten am Stadtrand sowie eine große Immobilie in
der Innenstadt, die gewerblich genutzt wird und von
der er hauptsächlich lebt. Außerdem bezieht er eine Art
Rente, bzw. Rendite aus Frankreich aus einem Immobi-
lienverkauf seitens der väterlichen Familie dort. Seine
Eltern haben sich in Koblenz kennen gelernt, wo er
heute noch lebt. Sein Vater war als Soldat in Koblenz
stationiert und stammt aus Metz in Lothringen. Die
Mutter ist in Danzig geboren, hat als Kind Vertreibung
und Flucht mitgemacht und ist über die Station Norddeutschland in Koblenz gelandet.

Der Vater hat die Familie verlassen, als Johannes
noch Jugendlicher war, und ist Jahre später in Metz
gestorben. Die Mutter zog es in die USA, sobald
Johannes erwachsen war.

Eines Tages muss Johannes ins Grundbuchamt und
lernt eine Frau kennen, die sich als Anwältin für einen
Mandanten ausgibt, der an der Immobilie interessiert
sei. Die Frau verschwindet wieder und Johannes hört
nichts mehr von ihr. Aber sie hat etwas bei ihm
ausgelöst; er fragt sich nämlich, wie sein Vater an die
Immobilien gekommen ist und reist nach Frankreich.
Dort erfährt er einiges. Das wiederum veranlasst ihn, in
die USA zu seiner Mutter zu reisen, von der er
allerdings nicht viel erfährt, denn sie ist nicht gut auf
seinen Vater und dessen Familie zu sprechen.
Mittlerweile hat sich die Frage, woher denn wohl sein
Vermögen kommt, zu der Frage ausgeweitet, woher er
selber kommt, wer er ist.

Die Reisen des Johannes

Erzählung

Tabu Litu Verlag
Klaus-Dieter Regenbrecht

Die Deutsche Bibliothek – CIP-Einheitsaufnahme
Regenbrecht, Klaus-Dieter
Die Reisen des Johannes
Koblenz: Tabu Litu Verlag KD Regenbrecht
ISBN 978-3-925805-69-1
1. Auflage 2008

Umschlag, Satz und Layout: kloy 2008
ISBN 978-3-925805-69-1

Hänschen klein ging allein
in die weite Welt hinein.
Stock und Hut steht ihm gut
ist gar wohlgemut.
Aber Mutter weinet sehr,
hat ja nun kein Hänschen mehr.
„Wünsch dir Glück", sagt ihr Blick,
„kehr nur bald zurück !"

Sieben Jahr, trüb und klar,
Hänschen in der Ferne war.
Da besinnt sich das Kind,
eilet heim geschwind.
Doch nun ist's kein Hänschen mehr,
nein, ein großer Hans ist er,
braun gebrannt Stirn und Hand.
Wird er wohl erkannt ?

Eins, zwei, drei gehen vorbei,
wissen nicht, wer das wohl sei.
Schwester spricht:" Welch Gesicht",
kennt den Bruder nicht.
Doch da kommt das Mütterlein,
schaut ihm kaum ins Aug hinein,
spricht sie schon:"
Hans, mein Sohn!
Grüß dich Gott, mein Sohn!"

"Hobbes' aufklärerische Begründung der Souveränität in legimitierender Absicht ruht auf drei Begriffen: Vertrag, Autorität und Repräsentation. Im 16. Kapitel des >Leviathan< bereitet Hobbes die Erweiterung seiner im 14. Kapitel ausgeführten Vertragslehre auf die politische Dimension vor, ohne allerdings den Zweck dieser Erweiterung ausdrücklich zu nennen. Souveränität ist gerechte Macht, weil sie autorisierte Macht ist. Hobbes' berühmter Satz, der immer wieder zur Beurkundung der Geburt des Rechtspositivismus herhalten muß, enthält durchaus ein normatives Erbe: >auctoritas non veritas facit legem< heißt nicht, dass Gesetze als bloße Effekte jeder beliebigen Macht erscheinen könnten. Es ist die >just power<, die durch Autorisierung gerechtfertigte Macht, welche Gesetze erläßt, niemals die bloße Gewalt."

Adam, Armin: Despotie der Vernunft? – Hobbes, Rousseau, Kant, Hegel – , Freiburg/München 1999

Ich hatte mir in den Finger geschnitten, nicht nur geschnitten, sondern ich hatte mit der Heckenschere so geschickt hantiert, dass ich mir sowohl eine Quetschung als auch eine recht tiefe Schnittwunde an Zeige- und Mittelfinger der rechten Hand zugefügt hatte und zwar mit der linken, Werkzeug führenden. Denn die Linkshändigkeit, meine liberale Linkslateralität habe ich von der französischen Seite geerbt, wie sich das gehört, und den rechten, leidenden Ordnungswillen von der preußischen.

Mir war das jedoch in jenem Moment ziemlich gleichgültig, denn es ist nicht schön, sich in den Finger zu schneiden und es ist noch weniger schön, sich zwei Finger grimmig dunkelblutigblau zu quetschen, wenn einem der Schweiß in Strömen aus allen Poren des Körpers quillt, weil man arbeitet, weil man in der glühenden Mittagshitze eines Sommers arbeitet, der wie so viele vor ihm als Jahrhundertsommer in die Annalen eingehen sollte, es aber dann doch nicht ganz schaffte. Weder in Frankreich noch gar in Preußen.

In meinen Adern fließt preußisches und französisches Blut, die Familie meines Vaters stammt aus Frankreich, Lothringen, und führt den guten deutschen Namen Welke, wogegen die Familie meiner Mutter aus Preußen kommt und sich mit dem französischen Namen Foncierey schmückt. Nun, all das war mir in jenem Moment ziemlich gleichgültig, um nicht zu sagen, scheißegal, denn genau das sagte ich: „Scheiße!"

Was mir danach widerfahren sollte, stellte alles in den Schatten, was sich in Frankreich und Preußen in den letzten tausend Jahren ereignet hat, zumindest was mich betraf. Weder ahnte ich in jenem Moment etwas davon, noch hätte ich es geglaubt, noch überhaupt für möglich gehalten. Aber vielleicht übertreibe ich auch nur, so wie alle übertreiben, die gerade leben, denn was sie erleben, stellen sie immer über all das, was andere vor ihnen erlebt haben und andere nach ihnen erleben werden.

An jenem Samstag jedenfalls konnte ich all mein Werkzeug beiseite legen und mich selbst auf die faule Haut, auf meinen halbfertigen Steg. Holte mir einen Eimer mit kaltem Wasser, das ich mit Eiswürfeln kalt hielt. In diesem Eimer blieb auch mein Weizenbier so kühl, wie ich es liebe, und meine Hand schmerzfrei. Ich hatte Zeit nachzudenken über das, was in den letzten Monaten geschehen war und über das, was ich für die nächsten Monate vorhatte. Ich war im besten Alter, und das schon seit einiger Zeit, solo und in jeder Hinsicht unabhängig, glaubte ich. Ich lebte ganz im Hier und Heute.

Nun gut, ich hatte angefangen, einen Teich zu buddeln, und ich weiß nicht, warum das so ist, aber ich grabe gerne. Schon immer habe ich gerne gegraben. Meine erste bezahlte Arbeit als Vierzehnjähriger war Umgraben, mit dem Spaten grub ich ein ganzes Feld beim Friedhofsgärtner um. Ich weiß nicht, wie groß dieses Feld war und was später dort angebaut oder angepflanzt wurde, oder was sie heimlich herausgeholt haben; ich weiß nur, dass ich meine ganzen Osterferien hindurch umgegraben habe. Den Friedhofsgärtner gibt es lange nicht mehr, er war bei der Kirchengemeinde angestellt, ist längst verstorben, die Gemeinde kann sich keinen eigenen Gärtner mehr leisten, und auf dem Feld steht seit Jahren ein Haus. Viele hätten sich durch die eintönige, ermüdende Tätigkeit – ich hatte schließlich eine laut knarzende

Sehnenscheidenentzündung und grub mit Salbe und ledernem Handgelenkschutz weiter – viele hätten sich das Umgraben verleiden lassen, nicht so ich. Ich blieb mein Leben lang ein Gräber, aber kein Totengräber wie die Welkes, sondern ein Gartengräber, ein Grüngräber. Und da, wo sich allmählich ein Loch in meinem Garten auftat, hatte ich früher Gemüse angepflanzt, hatte ich die ganze Scholle jedes Frühjahr und jeden Herbst umgegraben.

Dass ich den Gemüsegarten aufgegeben hatte, lag zum einen daran, dass ich die Zeit nicht mehr hatte, mich darum zu kümmern, zum anderen daran, dass ich etwas gestalten wollte, das sich nicht nur im ewig gleichen Rhythmus der Jahreszeiten wiederholte, sondern etwas, das sich in einem längeren Zyklus wandelte und heranwuchs. Besonders reizte mich die Verbindung von Wasser, Stein und Pflanze. Nicht die bloße Inszenierung eines weiteren kleinbürgerlichen Feuchtgebietes.

Es war meine Art, Intuition mit Planung zu verbinden. Ich hatte also eine Vorstellung, wie der Teich aussehen sollte und ließ mir dennoch die Freiheit, während des Grabens und Anlegens meine Vorstellungen mit den vorhandenen Gegebenheiten, den entstehenden Realitäten zu präzisieren und zu variieren. Nicht nur das Loch wurde tiefer, nein, auch mein Verständnis des zukünftigen Lebensraumes vertiefte sich. Auf meine Nachbarn muss das planlos gewirkt haben.

Und so hatte ich eines Tages Besuch vom Katasteramt auf dem Grundstück, es gebe Unstimmigkeiten wegen des Grenzverlaufes zum Nachbargrundstück, ob ich mich an der Vermarkung zu schaffen gemacht habe und so weiter. Aber die Sache war schnell aus der Welt. Mein alter Kumpel Heiner war schließlich Geodät und sein ehemaliger Kommilitone Chef einer Abteilung beim Landesvermessungsamt. So war es keine große Sache und schnellstens erledigt. Und bis das erledigt war, hatte der Teich, da ich unbeirrt weitergrub, schon Konturen angenommen, so dass sich meine Nachbarn beruhigten und bald wieder Friede herrschte.

Man kennt das ja, wie sich eins aus dem anderen ergibt, wie sich Dinge aneinander ketten, dass man am Ende gar nicht mehr weiß, wie es angefangen hat, wie sich alles in manchmal verwirrenden und berauschend schnellen Abfolgen entwickelt. Der Teichbau hatte meine Nachbarn auf den Plan gerufen, ich musste mich mit dem Katasteramt und dem Grundbuchamt, das sich neben der Vermessung auch mit den Eigentumsverhältnissen an Grundstücken befasste, auseinandersetzen und ich fand es richtig, meinen Kumpel kontaktieren. Auf dem Landesamt hingen große Reproduktionen von alten Karten und ich erfuhr, dass man sie kaufen konnte. Ich erwarb fünf Exemplare der Blätter der Umgebung und erfreute mich an den alten Gemarkungsnamen, die auf die Erfassung durch Tranchot und von Müffling zurückgingen. Die beiden Generäle arbeiteten im Auftrag ihrer jeweiligen Regierungen, also der französischen, respektive der preußischen. Aber all das wusste ich damals noch nicht, ich hatte mir die Karten nur gekauft, weil sie mir von der Grafik oder Optik, wie man so sagt, gefielen, weil sie einfach schön und sehr dekorativ waren und ich sie deshalb rahmen und im Flur aufhängen wollte.

Diese Aktionen wiederum stellten später die Verbindung zu Clara her, mit der ich dann eine Menge erleben sollte. Und natürlich hatte auch der Teichbau seine Gründe, war auch der Teichbau eine Folge von etwas anderem.

Clara, Claire ma chère. Stellen Sie sich ein Mädel vor, Ende dreißig, Anfang vierzig, das ist ja gelegentlich unglaublich schwer einzuschätzen, mondän wie die girls bei „Sex and the City", aber eine andere Gewichtsklasse. Und Leistungsklasse. Auf jeden Fall Klasse.

Das Grundbuchamt ist in dem gleichen Gebäude untergebracht wie das Oberlandesgericht, in dem gleichen Gebäudekomplex besser, das Ganze ist ein Block, der von vier Straßenzügen begrenzt wird. Grundbuchamt und Gericht bedeuteten Publikumsverkehr und Publikumsverkehr bedeutete Parkprobleme. Ein Parkhaus war nicht zu weit entfernt, aber jeder versuchte, am Straßenrand zu parken, weil es hier für eine Stunde nichts kostete. Ich hatte eine Lücke auf meiner Straßenseite erspäht, fuhr dran vorbei, um rückwärts einzuparken, näherte mich ihr, als Clara aus der anderen Richtung kommend in gleiche Lücke stoßen wollte. Sie vorwärts, ich rückwärts. Unsere Stoßstangen berührten sich fast trotz Vollbremsung. Wir sprangen aus unseren Autos und wollten uns anschreien. In dem Moment kam jedoch ein weiterer Wagen aus meiner Richtung und parkte flott aber ziemlich schräg vorwärts ein, der Fahrer stieg aus, lächelte uns beide an und zog von dannen. Clara und ich schauten uns an, zischten „Arschloch!", stiegen ein und fuhren davon. Wie sich herausstellte, beide in die Tiefgarage. Dort traf ich sie nämlich zwei Stunden später am Automaten. Da ich vor ihr dran war, fühlte ich mich versucht, irgend etwas dem Automaten anzutun, damit sie nicht bezahlen und verschwinden konnte, damit ich mit ihr ins Gespräch kommen konnte. Also machte ich das, was ich in solchen Situationen immer getan habe, ich sprach sie an:

„Wir begegnen uns heute zwar erst zum zweiten Male, aber ich würde Sie dennoch gerne einladen ..."

Sie guckte mich absolut belustigt und von oben herab an, als sei ich ein süßer kleiner Straßenköter, bei dem man seinem ersten Impuls „Streicheln" sofort Einhalt gebietet, einen Schritt zurück weicht, weil man keine Flöhe aufscheuchen möchte.

„... auf einen Kaffee, ich meine ..."

Ich war sicher rot geworden, wo gab es denn so etwas, und mir war heiß; gab es hier unten überhaupt Luft zum Atmen? Wo war meine gelassene Routine, meine Souveränität?

„Zum dritten Male, junger Mann. Ich hab Sie vorhin auf dem Flur gesehen, glücksstrahlend mit Ihrem Katasterauszug. Haben Sie ein Grundstück geerbt? Dann sollten wir ein Gläschen Schampus trinken und Hamster essen, ich hab meinen Prozess verloren, mein Mandant ist gleich in Haft genommen worden."

Der Straßenköter zog den Schwanz ein.

„Ich lade Sie ein," lachte sie.

„Hamster?", fragte ich schwach und zweifelnd.

„Lobster. Hummer," sagte sie, „oder Austern, wenn Sie möchten. Keine Hamster."

Der Moment, indem du stirbst, ist einmalig, sicher, ganz sicher. So etwas hast du vorher nicht erlebt und wirst du auch danach nie mehr erleben. Es sei denn, du warst ein Unsterblicher wie James Bond „You only live twice", der nur deshalb unsterblich war, weil er nie wirklich gelebt hat. Aber, es gab immer ein ABER, es sei denn, man war gestorben und tot, einmalig war auch jeder Moment davor. Vom Danach wollen wir erst einmal nicht reden.

Davor. Also: Das Leben. Dein Leben. Davon wird hier nicht die Rede sein. Darüber weißt du selbst am besten Bescheid, nehme ich an. Vom Leben wird die Rede sein, vom Sterben, vom Tod. Es ist keine traurige Geschichte, nein, sie wird glücklich enden, es wird ein happy end geben. Und ich bin so vermessen, zu behaupten dass jedes Ende ein glückliches ist, Hauptsache Grab. Gerade dann, zynischerweise, wenn das Leben unglücklich ist, war, sein wird.

Grab graben. Je nachdem wie man gepolt war, wird man einen Graben als etwas Trennendes empfinden oder als ein angenehmes Tal, in dem Ruhe herrschte. Kalmen. Ein Ort, in dem man etwas verschwinden ließ. Begrub. Für immer. Und ewig. Gut. Gleichzeitig war ein Graben eine Grenze, eine Definition, da war das eine und hier war das andere. Wo etwas eingebrochen war. Und dazwischen? Zählte nicht? Weil nur die beiden so feindlichen Gegensätze vor einander geschützt und bewahrt werden mussten? Der Vollständigkeit halber sei gesagt, dass Graben als solches, wie vieles, mindestens zwei Richtungen haben kann: Ein-, be-, ver- oder ausgraben.

Ich wollte beides nicht. Ich hatte ein in Stufen modelliertes und somit verschiedenen Lebensformen, pflanzlicher wie tierischer Natur, bietendes Biotop graben wollen, ein Stück Erdoberfläche modellieren. Nicht mehr und nicht weniger. Nachdem das Wasser drin war – und natürlich vorher die Folie ausgelegt – in dem von mir ausgehobenen Graben, war unweigerlich ein Universum geschaffen, in dem Wachsen und Vergehen, Zurweltkommen und Sterben sich ereigneten. Fressen und Gefressenwerden. In meinem Teich, in meinem mit dem Spaten geschaffenen Graben, in meiner Welt. Ich hatte einen Schauplatz des Lebens geschaffen, und das bedeutete jenseits von Fressen und Gefressenwerden, eine Spielwiese genetischer Vielfalt. In meinem Garten tummelten sich mehr Pflanzen und Tiere als auf einem Hektar draußen auf dem sogenannten freien Land, wenn es landwirtschaftlich genutzt wurde.

Ganz sicher war meine völlig überflüssige und äußerst schmerzhafte Dummheit auf meinen weiterhin verwirrten Geisteszustand zurückzuführen. Ich hätte nichts Gefährliches in die Hand nehmen sollen, keine Heckenschere. Aber ich hatte mich wohl auf etwas Gefährliches eingelassen. Ließ man sich mit einer Frau ein, war es nie ganz ungefährlich, ließ man sich mit einer fantastisch aussehenden, beruflich erfolgreichen Anwältin und dazu älteren und erfahreneren Frau ein, war das Beste, was einem passieren konnte, wenn sie einen alsbald mit gebrochenem Herzen verließ. Das war dann kaum schmerzhafter als Schnitt und Quetschung an der Hand. Nun, verlassen hat sie mich, aber nicht so bald, weil es ungeheuer lange gedauert hatte, bis wir überhaupt in die Gänge kamen. Und das immer wieder.

Was sie wollte, hatte sie preisgegeben, bevor ich mir mit dem Hummerhammer auf den Daumen gehauen hatte, mit der Hummerzange natürlich den Daumen gezwickt, meine ich.

Neben Clara schwamm ich durch die Fußgängerzone, durch die nicht zum ersten Male ein Hochwasser wie nach einem Tsunami gurgelte, und wenn ich in die Schaufenster guckte, kam es mir vor, als seien die Schaufensterpuppen wirklich Menschen, die mich in meinem Aquarium beobachteten. Ich hörte so gut wie nichts, ab und an blubberte ich etwas in ihren unaufhörlich murmelnden Redefluss, die Killerwelle war abgezogen, zurückgeblieben gespenstisch stilles Wasser, das nur langsam abfloss, kam mir dabei vor wie ein Putzerfisch (Labroides pectoralis), eifrig am Kiemendeckel einer Süsslippe (Plectorhynchus gaterinus, engl. Blackspotted Rubberlip) hängend, ständig in Gefahr war, gefressen zu werden.

Die Schaufenster gewährten Ausblick in eine verwirrende Welt, mal waren Männlein und Weiblein in Leder und Loden, Dirndl und Trachtenwams gekleidet, hinter den nächsten Glasscheiben sah man nicht einen Menschen zwischen Möbeln, Porzellan, Getränken und Tabakwaren. Dann wieder waren sie voll mit Tennisschlägern und Tauchausrüstungen zwischen alten Fischernetzen und Plastikfischen; großformatige Bücher gar mit farbigen Einschlägen, die in Hochglanz das bunte Leben unter Wasser zeigten. Andere Cover mit Tiefdruck; auch Prägedruck genannt. Wettermäßig war Hochdruck. Ein Ausguck beherbergte einen weiteren Ausguck, beziehungsweise ein Reinguicklock, ein Fenster in einem Fenster. Ich war auch unter Hochdruck, und wie! Der Rahmen des kleinen runden Fensters im großen rechteckigen Fenster war mit rotem und schwarzem Latex ausgeschlagen, mit mehr oder weniger nackten

Schwimmerinnen, allerlei Plastikspielzeug, Auftriebshilfen und schwarzfleckigen Gummilippen dekoriert. Ich wagte natürlich nicht heranzuschwimmen, einen Blick nach draußen ins Innere der Grotte, der bizarren Lusthöhle zu werfen.

Nicht weit davon entfernt waren wir dann durch eine der Türen in den Glasfenstern hinausgetreten aus dem Strudel ins „Chez Jacques". Schicki-Micki hin und *décadence* her, der Schampus war herzerfrischend, der Hummer absolute Spitze. Meine Geschmacksknospen jubilierten wie Jacques, als er Claire sah. Denn Claire war die Krönung, die Traumfrau. In jeder Krimi-Verfilmung hätte ich sofort gewusst, dass sie die falsche Schlange war. Aber wir waren ja nicht im Kino.

Sie herzte Jacques Küsschen, Küsschen, Küsschen und trällerte und zwitscherte, während er mir den bösen Blick zuwarf aus seinen falschen, braunen Franzosenaugen, er war nämlich in Wirklichkeit, das wusste ich, ein schwuler Tscheche. Auf seiner in Falten gezogenen Stirn stand in sauberen Helvetika-Lettern: „Wir müssen draußen bleiben." Die Nasenwurzel und Wimpern untermalten das Verbot mit der Karikatur eines traurigen Dackels.

Aber sie wusste ihn auf Distanz zu halten und behandelte mich mit großer Aufmerksamkeit und in ihrer dezent spöttischen Diktion spürte ich gut gezügelte Erotik knistern, deren aphrodisierende Wirkung um so stärker war. Ich hatte gerade angefangen, mich mit der sensationellen Situation anzufreunden, mich in der Absurdität einzurichten, als sie ein Geständnis ablieferte. Es war kein Zufall gewesen, dass sie mich am Automaten getroffen hatte.

„Jean," sie kannte also meinen Namen, Johannes
Welke, „Jean," sagte sie und Hänschen hätte in dem
Moment viel besser gepasst, Jean klang so unange-
messen, als hätte ich sie *Klärsche* genannt, „Jean, ich
vertrete einen Mandanten, der sich für dein Haus
und Grundstück interessiert."

Da ich nicht auf der Flucht war und immer noch unter den Nachwirkungen der ersten Begegnung mit Clara litt, ja, litt, konnte ich mir Zeit lassen und verbrachte den Nachmittag am Bostalsee im Saarland. Dass ich eine Frau toll fand, sie anhimmelte, mich ihr näherte, gern mit ihr zusammen war, gut, das passierte mir häufig, sehr häufig. Aber sich richtig verlieben, diese Ahnung kroch mir langsam in die Knochen wie eine Infektion, die zur vollständigen Lähmung und Hilflosigkeit führen würde, sich richtig verlieben, war etwas ganz anderes.

Das Wetter war angenehm, sonnig und recht windig, so dass man die Sonnenstrahlen hier am Wasser kaum spürte. Die letzten Tage waren frisch gewesen und sollten die einzige kühlere Phase dieses Sommers bleiben und die Wassertemperatur entsprechend niedrig. Ich wagte nur kurz eine Schwimmeinlage. Die ganze Zeit beobachtete ich ein Pärchen, das nur selten neben einander lag. Er saß meist im Schatten unter einer mächtigen Pappel, sie in der Sonne und hielt die Nase in den Himmel. Sie trug ein kurzes, blau und türkis geblümtes Kleidchen über dem Bikini, hatte mittellanges, glattes Haar, ein spitzbübisches Gesicht und einen jetzt schon knallroten Nasenrücken unter dem Bügel der Sonnenbrille. Dass sie sich liebten, spürte ich, es war außerdem eine Spannung zwischen den beiden, die auf einen Konflikt hindeutete. Er ging zweimal ins Wasser, schwamm ein paar Runden und wenn er raus kam, sah man, dass das Wasser doch wohl ziemlich kalt war. Trotz seiner noch recht sportlichen Figur war deutlich, dass er ein gutes Stück älter war als sie. Sie mochte in Claras Alter sein. Vielleicht sogar ein ähnlicher Typ, aber Kleidung und Ambiente hätten nicht unterschiedlicher sein können, hier ein Mädel im hellen Sonnenlicht, in Bikini und neckischem Strandkleidchen, im Hintergrund die gleißende Oberfläche des Sees auf dem weiße Segel sich unter blauem Himmel mit hohen weißen Wolken im Winde neigten. Clara dagegen im Businesskostüm, perfekt gestylt und geschminkt, das einzig Individuelle und Persönliche waren ihre Augen, die Art wie sie redete und was sie sagte im „Chez Jacques".

Später sah ich die beiden Verliebten noch einmal kurz im Biergarten, sie tranken Weizenbier und aßen Brezen, waren lustig und verliebt, wären wahrscheinlich nie auf die Idee gekommen, dass sie jemand beobachtete und sich an ihrem Glück erbaute. Ich spürte intensivst, wie es war, verliebt zu sein, ohne es bis dahin selbst erlebt zu haben. Ich wusste, dass ich die beiden nie vergessen würde, und fragte mich, ob ich jemals einen so unbeschwerten und gleichzeitig mit Glückspotentialen überladenen Nachmittag mit Clara würde erleben dürfen; ich durfte, später und an einem weit entfernten Ort. Es kam mir außerirdisch vor, jenseits dessen, was mein Leben zu bieten hatte, gleichzeitig fühlte ich mich ihnen verwandt, fühlte die gleichen Gene zugrunde liegen, die gleichen Motive mich antreiben.

Die Nacht verbrachte ich in einem kleinen Hotel in Sankt Wendel und am nächsten Morgen fuhr ich weiter nach Metz, die Götterburg, keltisch-lateinisch nämlich divodorum genannt. Die Römer hatten auch den keltischen Namen des Rheins „hrên" als Rhenus übernommen. Im zehnten Jahrhundert umfasste das Herzogtum Ober-Lothringen das gesamte Moselgebiet bis Koblenz und einen Landstrich westlich der

Maas. Bis Nijmwegen, Breda und Antwerpen reichte
nördlich davon das Herzogtum Nieder-Lothringen.
Warum zog der Mensch die Grenzen immer wieder
neu? Hatte das wirklich nur mit den Machtverhält-
nissen zu tun, mit den politischen und wirtschaftlichen Interessen?

Die Landschaft änderte sich kaum, wenn man
aus dem Saarland nach Lothringen kam, sanfte Mit-
telgebirgshügel, Täler, aber auch Industriegebiete mit
den Überresten des einst wichtigen und mächtigen
Bergbaus, den Hütten und Stahlwerken. Abraumhal-
den, auf denen sich Birken als typische Erstbesiedler
schon zu mächtigen Bäumen ausgewachsen hatten.
Tristes und Graues, schiefe Häuser, von denen die
Eternitplatten abfielen, gab es auf beiden Seiten, aber
eben auch viel Natur, viel Dörfliches und Verschlafe-
nes. Bei aller Ähnlichkeit und den Gemeinsamkeiten
im Raume Saar-Lor-Lux spürte man jedoch, dass man
in ein anderes Land gekommen war. Es gab keine
Grenze mehr wie früher, wenn ich als Kind und Jugendlicher mit Papa hierher gekommen war. Die
Gesetze waren anders, die Sprache, das Essen, die
Menschen, der Himmel. Obwohl man manchmal
merkte, wie falsch man lag, wenn man im Super-
markt in Creutzwald ein Pärchen saarländisch flirten
hörte, die Straßenarbeiter in Saarwellingen sich französisch beschimpften.

Ob sich seit meinem letzten Besuch anlässlich der
Beerdigung meines Vaters viel geändert hatte, hätte
ich nicht einmal sagen können. Alles kam mir fremd
und vertraut zugleich vor, als wenn es in einem
Zimmer, das man lange nicht betreten hat und das im
Dunkeln lag, langsam wieder hell wurde. Die Ge-
genstände tauchten auf und es gab die wundersame

Synchronität von Erkennen und Erinnern. Ich jedenfalls hatte keinerlei Probleme, den Cimetière de l'Est de Metz zu finden. Ich kam sogar am Blumenladen vorbei. Aber das war nichts Besonderes, denn der Weg zu Friedhöfen war fast überall von Blumenläden und Gärtnereien gesäumt. Und die konnten sich da auch halten.

Im Gegensatz zu damals war ich jedoch ganz alleine, meine Mutter hielt mich nicht an meiner Hand und ich war auch nicht eingewoben in einen schwarz schwankenden Trauerzug, der sich klagend zwischen den Grabsteinen aus Sandstein und Granit und Marmor bewegte. Es war kurz vor Mittag, es herrschte bis auf ein paar Vogelrufe Stille, die Sonne schien, die Luft hatte aber immer noch einen Rest Morgenfrische hier zwischen den alten Platanen auf der Rue du Roi Albert, die Gräberreihen dagegen lagen in der prallen Sonne. Ich spürte nadeligen Schweiß auf der Stirn und im Nacken.

Man hob gerade ein neues Grab unter einem Sonnenschirm aus und als einer der Totengräber schweißgebadet aus dem schon recht tiefen Loch mir ins Gesicht blickte, wurde er kreidebleich, schrie, warf seinen Spaten in hohem Bogen aus dem Loch, sprang raus und rannte von dannen.

Entgeistert rief ihm sein Kollege hinterher: „Arrêts, attends-moi! Alphonse!" Er blickte Alphonse entgeistert und verärgert hinterher, sah auf die Uhr, warf seine Schaufel weg und machte sich ebenso von dannen. Es war Mittagszeit. Ich legte das kleine Gesteck auf das Grab, betete still ein Vaterunser und ein GegrüssetseistduMaria. Es gelang mir nicht, ein Bild meines Vaters in mir zu erzeugen. Ich konnte das nicht einfach so, es musste einen Auslöser geben, etwas, das mich an ihn erinnerte, etwas, das ich mit ihm erlebt hatte. Dann nahm er wieder Gestalt an, ich sah und hörte und spürte ihn. Hier nicht.

Ich kaufte mir ein Baguette, zwei Tomaten, eine Salami, etwas Käse, zwei eiskalte Dosen Heineken, legte mich in den Parc du Lac aux Cygnes und lauschte dem Schwanengesang in meinem Inneren. Zu Oma wollte ich dann am späten Nachmittag. Ich hatte sie angerufen. Sie freute sich auf mich. Vorher unternahm ich mit dem Auto eine kleine Rundfahrt, um zu sehen, was gleich geblieben war und was sich verändert hatte. Der Bahnhof sah immer noch dem Koblenzer Bahnhof ähnlich, nur dass der Koblenzer nicht den schönen Turm rechts hatte. Anfang des zwanzigsten Jahrhunderts hatte auch der Koblenzer noch einen Turm, der allerdings kleiner war und sich über dem Hauptgiebel befand. Der Koblenzer Bahnhof wurde 1902 eingeweiht, der in Metz 1908, beide waren mal Haltepunkte der Kanonenbahn, die von Berlin über Wetzlar, Koblenz und Trier nach Thionville fuhr. 1871 bis 1918 gehörte Metz zum Reichsland Elsaß-Lothringen und damit zum Deutschen Reich. Beide Bauwerke sind architektonisch dem ausklingenden sogenannten Historismus zuzuordnen, auch Gründerzeit, wilhelminische Zeit. Der Koblenzer wurde aus Tuff und gelbem Sandstein in neo-barockem, der in Metz aus graugelbem Vogesensandstein im neo-romanischen Stil erbaut. Aber auf den Straßen gedieh und bezauberte heute französisches und dezent multikulturelles Flair und das war gut so.

Was machte ich hier? Es konnte doch nicht sein, dass mich Clara so verwirrt hatte. Wenn es jemanden gab, der sich für mein Haus und Grundstück interessierte, warum rief er mich nicht an, vereinbarte einen

Termin und machte mir ein Angebot? Warum diese Umständlichkeit, warum ein solches Verfahren? War das Taktik? Oder nur ein Vorwand? Vielleicht ging es gar nicht um mein Grundstück.

Wie oft hatte ich mich schwarz geärgert über Figuren, besonders Frauen, in Filmen, besonders in Serien-Krimis, die genau das taten, was falsch war, bei dem jeder halbwegs vernünftig denkende Zuschauer stöhnte „Oh Gott, nein, nicht das, das nicht, du blöde Kuh!"

Aber das war genau das, was sich männliche Drehbuchschreiber hatten einfallen lassen, um der Handlung den nächsten Kick zu verpassen, das durchschaubare Drama seinem fälligen Höhepunkt zuzuführen. Das war letztlich nicht elaborierter als Kasperle-Theater, was aber nichts daran änderte, dass alle Kinder mit meist echter Angst „Nein, Kasper, nein!" schrien, wenn das Krokodil um die Ecke lauerte.

Ich wusste, ich tat etwas Falsches oder zumindest Blödsinniges, Überflüssiges. Andererseits hatte ich mein ganzes Leben lang gewusst, dass sich da ein Geheimnis verbarg, das mich bisher jedoch überhaupt nicht interessiert hatte. Geheimnis insofern, als ich keinerlei Hintergründe kannte, weil sie mich nie interessiert hatten. Es war immer da gewesen, nicht nur im Hinterkopf, nein, mir war absolut klar, eines Tages würde ich mich auf den Weg machen müssen, um es herauszufinden. Eine Pilgerreise vielleicht, eine Art Rückkehr zu einem Teil von mir. Es würde wahrscheinlich kein wirkliches Geheimnis dahinter stecken, nichts Weltbewegendes und hatte sicher nichts mit dem zu tun, was Clara bei mir in Bewegung gesetzt hatte, aber nun es war so weit und musste sein. Und deshalb war ich nun in Metz.

Schlimmer war, ich grübelte und grübelte, was es mit Claras Avance auf sich haben konnte. Konnte unter meinem Grundstück ein Schatz liegen?

„Klar," war Heiners Antwort gewesen, „klar, wenn du die Spitze deines Zirkels dem Kaiser am Eck in seinen Federhelm stichst, aber Vorsicht, dem Mädel neben ihm nicht in die Brüste pieksen, und einen Kreis mit Radius zehn Kilometer oder auch einhundert ziehst, dann wirst du sicher sein können, dass in diesem Gebiet unter der Erdoberfläche jede Menge altes Zeugs herumliegt von den Kelten, den Römern, den Adligen oder den Pfaffen aus der Zeit, als der Code Civil, auch Code Napoléon genannt, im Département de Rhin-et-Moselle, eingeführt wurde. Schatz ist ein weiter Begriff. Es müssen ja keine zweihundert Jahre alte Goldmonstranzen sein, gewöhnlicher Haushaltsplunder, der zweitausend Jahre alt ist, hat heute auch seinen Wert. Natürlich gibt es bestimmte Stellen, wo man sicher sein kann, etwas zu finden, als in Mainz die Baugrube für das neue Stadion ausgehoben wurde, wusste man vorher, dass da mit Sicherheit was von den Römern zu finden ist. Ob bei dir im Garten was liegt, weiß allerdings keiner, es sei denn, jemand hat geforscht, untersucht, ist auf Quellen gestoßen, die das belegen können oder vermuten lassen."

Wobei noch gar nicht ausgemacht war, ob Clara von meinem Privathäuschen gesprochen hatte oder meiner Stadtimmobilie. Ich hatte zunächst geglaubt, dass es das Häuschen war, logischer wäre jedoch ein Interesse an dem Objekt in der Innenstadt.

Heiner, der Geodät beim Landesvermessungsamt und Freund seit Jugendtagen, hielt mich ohnehin für überspannt, aber mochte mich und half mir immer. Wenn es jemanden gab, dem ich vertraute, dann ihm. Er hatte so viele Peinlichkeiten mit mir erlebt, dass es darauf nun auch nicht mehr ankam.

Er war überhaupt nicht genervt, im Gegenteil, er hatte sich mächtig gefreut, mir mal wieder seine Arbeit zu zeigen und mit seinen Kenntnissen zu glänzen, wo sonst ich immer derjenige war, der über alles Bescheid zu wissen behauptete. Einen ganzen Nachmittag hatten wir im dortigen Archiv gesessen und gestöbert. Hier war unsere Gelehrtenkammer, unser Elfenbeinturm. Wir liebten diese Nachmittage und nannten sie unsere geo-philosophischen Symposien; und, ja, ein Gläschen Wein gab es oft auch dazu.

Er nahm aus einer braunen Kartonschachtel „Die Kartenaufnahme der Rheinlande durch Tranchot und von Müffling 1801 - 1828, 1: Geschichte des Kartenwerkes und vermessungstechnische Arbeiten (Anhang) von Rudolf Schmidt, Köln – Bonn 1973" einen mit einer Klammer zusammengehaltenen Papierbogen:

„Sieh mal hier zum Beispiel. Berlier (fils), 1801 Sous-Lieutenant, Dessinateur, 1804 Ingeniéur géographe de 3e Classe, 1805 Ingeniéur géographe, 1808/09 Lieutenant, 1814 Capitaine de 2e Classe. Berlier gehörte zu Tranchots Vermessungstruppen und das ist seine Karriere vom Unterleutnant bis zum Kapitän 2. Klasse. Und jetzt schau dir mal an, wo der überall herumgekommen ist. Bis 1801 topographische Aufnahmen am Rhein für den Service du Genié. 1802 Stadtplan von Orsoy am Niederrhein 1 : 2000. 1803 Bürgermeistereiplan von Siersdorf, zwei Monate

26

Gehaltsentzug wegen Disziplinlosigkeit. 1805 Examen beim Dépôt de la Guerre, weitere Ausbildung in Paris, dann zum Bureau topographique de la Grande Armée: militärische Erkundungen in Ober- und Niederösterreich. 1806 beim Bureau topographique de la Bavière: Aufnahmen an der böhmischen Grenze und bei Passau. 1807 beim Bureau topographique de la Grande Armée: Aufnahme des Schlachtfeldes von Preußisch Eylau, militärische Erkundung der Weichsel; dann zu einer Sondersektion beim Quartier Impérial in Tilsit, wegen verspäteter Ankunft Festungshaft in Mainz; später nach Paris: Reinzeichnung von topographischen Aufnahmen aus Bayern. 1808/11 Bureau topographique de la Grande Armée d'Espagne: militärische Erkundungen, topographische Aufnahmen, Reduktionen, Fluß- und Straßenkarten, Karten von Schlachtfeldern in Spanien und Portugal; krank, daher Arbeiten an der Carte d'Espagne. 1809 beim Bureau topographique de la Grande Armée d'Allemagne. 1812 beim Bureau topographique de la Grande Armée in Rußland, verschiedenen Armeekorps zugeteilt. 1813 beim Bureau topographique de la Grande Quartier Général in Deutschland. 1814 beim Bureau topographique de la Grande Armée in Frankreich: Erkundungen der Marne von Châlon bis Meaux; dann bei der Brigade de l'Ouest; später bei der Commission de Délimination an der Ostgrenze Frankreichs. 1815 Aufnahmen in der Umgebung von Paris; dann ins Hauptquartier der Armee. 1815/16 Kopie der Kartenblätter 30-3-1, 34-2-1, und 34-6-1 der Département réunis für das Dépôt de la Guerre. 1816/32 bei der Commission de Délimination am der Nordgrenze Frankreichs."

Er verpasste dem nicht sehr umfangreichen Faltblatt einen Schnelldurchgang Daumenkino, legte es zurück in den Faltkarton, stellte den zu zwei anderen gleichfarbigen Kartons, die zusammen immerhin fast zehn Zentimeter Rücken im Regal darstellten.

„Das ist nur ein Werk von vielen über die Kartenaufnahme der Rheinlande durch Tranchot und von Müffling. Und er ist nur einer von den vielen Soldaten Napoleons. Napoleons Soldaten sind nur wenige von all den Soldaten, die im Verlauf der letzten zweitausend Jahre hier durchgezogen sind. Die Wikinger und Schweden, die Römer und Amerikaner, die Preußen und Franzosen, weißt du, was die alles haben mitgehen lassen? Wie viele Frauen die geschwängert haben? Du bräuchtest drei Leben, um auch nur eine militärische Laufbahn gründlich zu rekonstruieren und wüsstest doch nicht alles. Die Wahrscheinlichkeit von einem Blitz getroffen zu werden oder einen Sechser im Lotto mit Dingszahl zu landen ist größer, als hier und heute durch Quellenstudium auf einen vergrabenen Schatz zu stoßen, glaub es mir, mein Freund.“

Also hatte ich mich ins Auto gesetzt und den Weg genommen, den Napoleons Soldaten vor rund zweihundert Jahren in beide Richtungen genommen hatten. Einmal hin und zurück, aber geändert hatte sich alles damals.

Ma grandmère Josephine lebte in der Peripherie von Metz. Hier schien die Zeit stehen geblieben zu sein. Sie wohnte in einem Reihenhäuschen einer ehemaligen Bergarbeitersiedlung, die nicht sehr viel anders aussah, als die im Saarland oder im Ruhrgebiet. Eine Lebensform und Wohnarchitektur, deren Bestand durchaus gefährdet war.

Sie kochte auf einem Herd, den sie sogar im Sommer oft mit Holz befeuerte, im Hinterhof gackerten und scharrten ein paar alte Hühner. Auch sie selbst hatte sich in den vielen Jahren, in denen ich sie nicht gesehen hatte, kaum verändert. Sie war nun fast neunzig und noch weißer, noch gebeugter, noch zarter geworden. Man mag kaum glauben, dass jemand so geworden ist und nicht immer schon so war, so sich selbst war sie. Sie lebte alleine, die Nachbarn, im Wechsel mit ihren Kindern und Enkelkindern, den Kindern und Kindeskindern von Neffen und Nichten, kümmerten sich um sie.

Ich hatte außer meinen Eltern eigentlich nie Familie um mich herum gehabt. Es gab viele Besuche, Reisen nach Frankreich, nach Norddeutschland, Lübeck beispielsweise, so lange meine Großeltern mütterlicherseits noch lebten. Meine familiären Verhältnisse sind nicht so ganz einfach zu erklären, denn andererseits hatte ich ja eine Menge Verwandtschaft, wenn auch in vielerlei Hinsicht entfernte. Gleichzeitig war festzuhalten, dass ich in Koblenz alleine lebte. Mutter war die jüngste von sechs, Vater der älteste von fünf Geschwistern.

Mein Vater war nach Frankreich zu seiner Familie zurückgekehrt, hatte mich und seine Frau verlassen, als ich knapp zehn war. Er verstarb, als ich Anfang zwanzig und, man mag es kaum glauben, anlässlich seiner Beerdigung zum vorletzten Male zu Besuch bei der Familie in Frankreich war. In der Zwischenzeit war ich des öfteren in Frankreich gewesen und auch in Metz, aber nur einmal zwischendrin zu einem runden Geburtstag eines Onkels hatte ich die Verwandtschaft gesehen. In der Gegend von Metz gab es jede Menge Welkes, und auch die großmütterliche Seite, die Beckers aus dem Saarland, war dort weit verzweigt. Seit jener Zeit bezog ich eine Art Rente, 500 Euro im Monat, aus Familiengeschäften, an denen mein Vater beteiligt war. Geerbt hatte ich von ihm, was er in Koblenz meiner Mutter und mir zurückgelassen hatte. Immerhin drei Immobilien, eine in der ich lebte und ein mehrstöckiges Haus in der Innenstadt mit Geschäften in Parterre und acht Wohnungen darüber. Mutter hatte später eine verkauft und von dem Erlös die Auswanderung in die Staaten finanziert.

Ein Teil der Familie meiner Mutter war auch nach dem Zweiten Weltkrieg in Preußen, heute Polen, geblieben, der andere Teil floh am Ende des Krieges nach Deutschland, blieb wiederum mehrheitlich in Norddeutschland, wogegen ein kleiner Teil, nämlich meine Mutter mit ihren Eltern, ins Rheinland zog, wo ich dann später zur Welt gekommen bin. Meine Großeltern zogen später zurück nach Norddeutschland, sie brauchten die Ostseeküste. Mein Vater war als französischer Soldat in Koblenz stationiert und heiratete meine Mutter, als Anfang der Sechziger die Franzosen das Rheinland verließen. Er blieb dann da und es dauerte noch ein paar Jahre, bis ich zur Welt kam. Nachdem mein Vater gestorben war und ich erwachsen, finanziell unabhängig, wanderte Mama in die USA aus, wo sie ein kleines, aber erfolgreiches Unternehmen führte. Geschwister hatte ich keine. Zwar hatte meine Mutter zweimal vor mir Kinder zur Welt gebacht, aber das eine Kind war eine Frühgeburt und lebte nur ein paar Stunden oder Tage, das andere, ein Junge, wurde im Alter von fünf Jahren von einem Zug überrollt. Er hatte an den Gleisen gespielt. Als ich zur Welt kam, war die Ehe meiner Eltern wahrscheinlich schon am Ende, aber sie blieben zusammen, bis ich, wie man so sagt, aus dem Gröbsten raus war. Deswegen war die Umarmung meiner Großmutter eine selten erlebte Innigkeit, die wärmte und dennoch fremd anmutete.

„Mon dieu, Jean," sagte sie und redete los. Wer glaubte, Französisch und Deutsch seien sehr unterschiedliche Sprachen mit völlig verschiedenen Lautsystemen, sollte mal meine Großmutter reden hören, das war die phonetisch perfekte Vermählung der beiden Sprachen. Und für sie gab es auch kein Vertun, sie war Deutsche und Französin, Lothringerin, grandmère Josephine Welke de Lorraine.

Mein Französisch, muss ich leider gestehen, war nicht besonders gut. Zwar hatte ich mit meinem Vater oft Französisch gesprochen, aber nachdem er uns verlassen hatte und Französisch nur noch Schulfach war, entwickelte ich eine leichte Abneigung gegen diese Sprache.

Meine Mutter sprach kein Wort Polnisch, nur Deutsch, sehr gut Englisch, Französisch ungefähr so gut wie ich, mein Vater war zweisprachig aufgewachsen, da die meisten in seiner Familie Deutsch sprachen und viele heute noch sprechen.

Ich erzählte ihr, dass ich auf dem Friedhof gewesen war und was ich dort erlebt hatte.

„Das war Alphonse, Cousin deines Vaters. Er ist nicht sonderlich helle. Aber er kannte deinen Vater sehr gut, sie waren als Kinder und Jugendliche unzertrennlich, obwohl dein Vater fast zehn Jahre älter war. Alphonse muss gedacht haben, dein Vater sei von den Toten auferstanden. Du siehst genau so aus wie dein Vater ausgesehen hat, bevor zu früh er starb. Ein schöner Mann. So ein schöner Mann."

Die Welkes hatten seit Generationen ein Bestattungsunternehmen und Alphonse gehörte zur weitläufigen Verwandtschaft. Auch wenn er nicht der Gescheiteste war, man sorgte dafür, dass er sein Auskommen hatte. Im Nachhinein realisierte ich, dass ich ihn an der Art, wie er den Spaten weggeworfen hatte, als Linkshänder identifiziert hatte.

Großmutter hatte jede Menge Pläne, wen ich alles besuchen musste, wen sie herbestellt hatte. Schon heute Abend würden Onkels und Tanten mit einigen Kindern zum Essen kommen. Ich hatte geglaubt, als ich mich auf den Weg machte, es wäre mit ein paar Blümchen und einem Karton Rheinwein getan, sie würde mir ein wenig erzählen, einfach so, und ich würde mich wieder auf den Weg machen.

Ich suchte ja eigentlich nichts und wollte auch nichts Bestimmtes erfahren oder herausfinden. Bevor ich die angekündigte Familie als Bedrohung, ihren Besuch als Überfall hätte empfinden können, hatte Großmutter mir schon das zweite Zwetschgenwasser eingeschenkt, so dass ich anfing mich zu entspannen. Außerdem, das wurde mir nun bewusst, roch es aus der Küche nach einem verdammt leckeren Schweinebraten.

Das musste man halt in Kauf nehmen, wenn man sich spontan auf den Weg machte und sich nicht darüber im Klaren war, wohin man wollte, was man überhaupt suchte. Ich suchte nichts, mir ging es gut bei Großmutter. Und meine beiden Cousinen, die dann mit zum Essen kamen, mon dieu. Die waren mit dem offensichtlich reichlich vorhandenen Gutausseh-Gen der Welkes bestens ausgestattet. Das fiel mir wieder ein, damals bei der Beerdigung, die waren mir trotz aller Trauer Anlass zu juvenilen und deshalb verklemmt-erotischen Vorstellungen gewesen. Hatte ich nicht die ganze Nacht wachgelegen mit Träumen eines zukünftigen Lebens in Frankreich mit meiner Cousine?

Von Filmriss möchte ich nicht reden, aber sehr deutlich war am nächsten Morgen die Erinnerung an das spontane Familientreffen nicht unbedingt. Blutsverwandtschaft entzog mir immer den Boden unter den Füßen. Die ganze Sippschaft zeichnete sich durch eine große Lebhaftigkeit aus und so waren meine letzten Eindrücke euphonischer Art. Weibliches und männliches Lachen, Gläserklirren, französische und deutsche Phoneme und jede Menge Dialektfetzen, ergänzt durch eine gewaltige Welle von Gerüchen und Geschmack, gekrönt durch gelegentliche Berührungen eines weiblichen Knies, einer nackten Schulter und einer Brust, wenn sich Marie lachend nach vorne beugte und ohne jede Vorwarnung über mich hinweg nach einem saftigen Stück Schweinebraten griff.

Was mir auf dem Friedhof nicht gelungen war, hier hatte es sich von selbst eingestellt, das Bild meines Vaters. Wie der eine die Hände bewegte und eine andere die Augenbrauen hochzog, die Art zu parlieren, machte ihn mir so lebendig wie nie zuvor. Und gleichzeitig, das bekam ich ein ums andere Mal zu hören, war er, Antoine, für sie durch mich wieder lebendig geworden. Antoine, Jean, Josephine, Marie, ja, die Welkes waren sehr katholisch, genau so katholisch wie die Foncierey. Lorraine und Alsace sind die einzigen Départements Frankreichs, in denen Kirchensteuer entrichtet werden muss; Relikt der preußischen Zeit hier.

46, Avenue Foch und 17, Rue du Coëtlosquet, 57000 Metz, Frankreich. Metz hatte die fast gleiche Postleitzahl wie Koblenz mit 56000, als seien sie tatsächlich Nachbarstädte. Ich stand vor imposanten

Gebäuden und mir war klar, dass meine lieben Verwandten sich mit mir einen Scherz erlaubt hatten. Vielleicht hatte ich doch einen erheblichen Filmriss. Auf meine Frage, wer denn eigentlich aus der Familie die Firma REIT führe, von der ich ja seit Jahren jeden Monat 500 Euro erhielt, wurde mir die Adresse in der Avenue Foch genannt, und als ich davor stand, sah ich, dass REIT für Real Estate Investment Trust stand und auf den schönen Namen Foncière des Régions hörte. Foncier, foncière, fundamental, grundlegend oder als Kompositum, Boden-, Grund-. Der *accent* im Namen meiner Mutter war irgendwann verschwunden. Sie hatte sich, wenn wir spielten, oft als Madame von Thierry ausgegeben. Im elften Jahrhundert hatte es in Lüttich einen Wilhelm von Thierry gegeben, der die artes liberales studierte und Benediktiner-Abt war. Mama hat die besten Schulen und Universitäten besucht und ist sehr gebildet.

Man mag sich ausmalen, was, um nur ein Beispiel zu nennen, mit Einrichtungen wie Bibliotheken geschah während der wechselvollen Geschichte. Mal war die Amtssprache Deutsch, mal war sie Französisch. Die Bibliothek in Metz bot von 1940 bis zum Einmarsch der Alliierten natürlich auch „Das Beste an deutschem Schrifttum", vieles davon, aber auch wirklich Gutes, ist vernichtet worden, verloren gegangen.

Als erstes rief ich Marie im Bestattungsunternehmen an und lud sie zum Mittagessen ein, dann ging ich in ein Internet-Café, um wenigstens eine Anfangsrecherche betreiben zu können. Merkwürdiger-, vielleicht auch gründlicher Weise fing ich mit dem Straßennamen an. Foch: „Im Laufe seiner militärischen Karriere wurde Foch zum Marschall dreier europäischer Nationen ernannt, sein Heimatland Frankreich sowie Großbritannien und Polen verliehen ihm den höchsten militärischen Titel. Zu Beginn des deutsch-französischen Krieges 1870 diente er im 4. Linieninfanterieregiment. Im Folgenden absolvierte er die polytechnische Hochschule, die er 1873 als Artillerieoffizier verließ. Nach einer Dienstzeit als Leutnant im 24. Artillerieregiment bewarb er sich an die École Supérieure de Guerre, der französischen Kriegsschule. Er trat in diese als Schüler ein, brachte es alsbald zum Professor für Strategie und wurde 1908 ihr Kommandant. Er zeichnete sich dort bald auf den Gebieten der Militärgeschichte und der Taktik aus. Doch verblieb er nicht bei rein akademischen Leistungen. 1907 wurde er als Brigadegeneral zur Truppe berufen. Er erhielt 1911 eine Division und schließlich 1913 das Kommando über das 20. Korps in Nancy.

Im Ersten Weltkrieg nahm er an der erfolglosen Offensive in Lothringen als Korpskommandeur teil. Im Verlauf der Marneschlacht befehligte er die IX. Armee und koordinierte die Armeen der verschiedenen Verbündeten. Während der blutigen Misserfolge der Schlachten im Artois und an der Somme der Jahre 1915 und 1916 fiel Foch beim französischen Oberkommando in Ungnade. Allerdings wird er 1917 rehabilitiert und folgt General Pétain als Generalstabschef nach.

1918 wird in Folge der deutschen Frühjahrsoffensive für die Verbündeten die absolute Notwendigkeit eines gemeinsamen Oberbefehlshabers evident. Foch wird zum Marschall befördert und erhält das Kommando über die gesamte Westfront. Ihm wurde die besondere Ehre zu Teil, die Unterzeichnung des Waffenstillstandes durch die deutsche Republik entgegenzunehmen.

Er schied 1921 aus dem Militärdienst aus, wobei er allerdings Berater der französischen Regierung blieb." (Quelle: wikipedia)

Schon wieder eine Militärkarriere. Wie konnte es sein, dass ich von meinem Vater, der Offizier der Französischen Armee gewesen war, nicht übermäßig viel wusste, was seine militärische Laufbahn anging? Gut, ich war noch sehr jung, als er starb, aber dennoch. Zeit meines Lebens war er Zivilist gewesen, aber vorher, was war vorher? Ich fing an zu bereuen, mich ich in mein Auto gesetzt zu haben, um den Geburts- und Sterbeort meines Vaters, seine und meine Verwandtschaft zu besuchen.

Marie gab mir wieder meine Ruhe zurück, ihr haftete der morbid muffige Geruch, wahrscheinlich eingebildet, des Bestattungsunternehmens an, ihr Benehmen dagegen war so lebhaft und Fontänen gleich flirrend. Sie hatte ein Restaurant ausgesucht, in dem tatsächlich nur frische Zutaten verwendet wurden. Von *convenience food* genau so weit entfernt wie von *haute cuisine*, einfach eine bodenständige und saubere Küche.

„Ich wäre nach zwei Wochen hier gemästet und fett."

„Ach, Jean. Das ist nicht gesagt. Du hast einen deutschen Körper und der würde wahrscheinlich erst einmal mit Gewichtszunahme reagieren, oui, oui, aber dein Körper würde sich und du dich selbst assimilieren durch die Ernährung, du bekämst einen französischen Körper, und der wäre nicht notwendiger Weise fetter. Es könnte sein, dass du kräftiger wirst, vielleicht aber auch drahtiger, athletischer."

War ich ihr zu weich, zu schwabbelig? Sie verstand sich aufs Bestattungsgeschäft, kannte sich aus mit dem Sterben, dem Tod, wusste aber auch eine Menge vom Leben. Sie war wirklich so bildhübsch wie intelligent, meine kleine Schwester. Ma sœur Marie. Klang in meinem Kopf wie Masseur. Mein französischer Körper massiert. Sie hatte Recht und es gab eine deutsche und französische Version von mir, und potentiell viele andere, vietnamesische, maghrebinische, serbische und sudanesische, wie sibirische und siamesische. Logisch, genetisch war man eh nur eine Art Blaupause, die sich durch Ernährung, unter anderem, realisierte und manifestierte.

Ich gestand ihr meine Unkenntnis und mein Erstaunen über den Hintergrund der REIT-Rente, wie peinlich mir das sei und fragte sie, ob sie auch eine erhielte.

„Mais non, Jean. Meine Mutter lebt ja noch."

Sie klärte mich auf. Die Welkes der Generation meines Vaters, fünf Geschwister, drei Brüder, zwei Schwestern, eine davon ihre Mutter, meine Tante, hatten mehrere, darunter ein paar, die man als Filetstücke bezeichnen konnte, Parzellen Land an REIT verkauft, beziehungsweise an La Soie, die Unternehmung, wie ich später erfuhr, die 2002 in Foncière des Régions aufging.

„Ich kenne keine Details, Jean. Frag doch ... oder warte, ich kenne da jemanden."

Sie nahm ihr Mobiltelefon, führte ein kurzes Gespräch und ich hatte einen Termin für nachmittags halb fünf.

Wir spazierten entlang der Mosel, Moselle, zurück zu ihrem Büro im Bestattungsunternehmen und ich überlegte, was wohl mit einer Flaschenpost geschähe, wenn ich sie hier ins Wasser würfe. Sie konnte gleich von einem Kind wieder herausgefischt werden, an der ersten Schleuse zerschellen, in eine Schiffsschraube geraten, vielleicht es aber auch bis zum Deutschen Eck schaffen, in die Nordsee, den Atlantik; der Golfstrom würde sie an Norwegen vorbeiführen, an Eisbergen vorbei, die Ostküste Nordamerikas entlang bis zu meiner lieben Mama in Connecticut. Ab Metz war die Mosel seit 1964 mit 14 Schleusen bis Koblenz schiffbar. Wir spuckten ins Wasser und gingen unserer Wege.

Der Typ bei REIT sah genau so aus wie jeder andere, der in einem deutschen oder amerikanischen *office* hockte und Immobilien vertickte, die Börse beobachtete und jede Menge Geld verschob im Laufe nur eines Tages. Er hielt mich, nicht ganz zu Unrecht, für ziemlich blöd, weil ich die ganzen Jahre in völliger Ahnungslosigkeit verbracht und nie auch nur eine bescheidene Anfrage auf den Weg gebracht hatte. Ich wagte gar nicht, ihm zu gestehen, dass ich BWL studiert hatte und mir der Begriff Vertragsrecht mit seinen Inhalten durchaus vertraut sein sollte.

Bei der Gelegenheit sollte ich vielleicht auch meinen beruflichen Werdegang darlegen, in aller gebotenen Knappheit. Ich habe studiert, mit der Fächerkombination Deutsch und Geographie angefangen und das Lehramt anvisiert. Nach ein paar Semestern habe ich das jedoch drangegeben und Deutsch mit dem Magister abgeschlossen. Später habe ich in einem Fernstudium den Bachelor in BWL dazu erworben und habe ein kleines Beratungsbüro für Existenzgründer. Ich arbeitete für eine andere Firma, die wiederum von der Agentur für Arbeit ihre Aufträge erhielt. Zusammen mit der Verwaltung und den

Einnahmen aus der Immobilie, meiner Apanage aus Frankreich kam ich ganz gut über die Runden. Außerdem hatte ich einmal in einer Lotterie Glück und 100.000 Euro gewonnen. Als Lehrer, sagen wir als Oberstudienrat, würde ich auch gut verdienen und wäre alles in allem besser abgesichert, aber mir war es stets wichtig, ein weitgehend selbstbestimmtes Leben führen zu können, dafür war ich bereit, auf Sicherheit zu verzichten. Ich hätte als Lehrer nicht so ohne weiteres mich in mein Auto setzen und nach Frankreich fahren können, weil mir plötzlich die Zeit dafür gekommen schien.

Ich mache es kurz. Mein Vater und seine Geschwister hatten vor nicht ganz zwanzig Jahren einige Parzellen verkauft, was jedem der fünf und mir als Erbe diese Rente, beziehungsweise Rendite einbrachte. Anfangs war das Geld in Franc ausgezahlt worden, dann in Euro und weil es sich um eine Abschlagszahlung handelte und der Trust ordentlich Gewinne machte, hatte sich dahinter eine stattliche Summe angesammelt. Das war für zwanzig Jahre vertraglich geregelt und da konnte auch keiner ausscheren. Danach, also in gut einem Jahr, wurde der Vertragsanteil frei, das heißt, ich konnte entscheiden, was mit meinem Teil geschah. Ich konnte alles so weiter laufen lassen, konnte verkaufen, konnte aber auch, zu Sonderkonditionen, dazukaufen. Da steckte ein Vermögen drin, wenn ich mich nicht irrte, das Doppelte von dem, was derzeit ausgeschüttet wurde, wenn ich investierte. Ich wurde ganz nervös und aufgeregt.

Auf meine Frage, warum ich keine Unterlagen besäße, meinte er, dass ich zwar der Begünstigte sei, dass die Vertragsunterlagen aber wohl bei meiner

Mutter blieben bis zum Ablauf der Frist von zwanzig
Jahren. Das entschuldigte mich etwas. Aber warum
hatte sie mir nie davon erzählt?

Und noch eine Überraschung hatte er für mich
parat. Die Grundstücke in Metz waren einige Generationen zuvor in die Familie gekommen, Ende des
neunzehnten Jahrhunderts nach dem deutsch-französischen Krieg. François Welke, hoher Offizier, war
der erste eingetragene Besitzer des Areals gewesen.
Die Welkes mit ihren Verzweigungen waren nicht
nur eine Bestatterfamilie sondern auch Militärs.

Ich stand auf der Straße, benommen, und fragte
mich, wie mein Vater wohl an die Immobilie in Koblenz gekommen war.

Was war los mit mir; ich wusste es nicht. „Was ist los mit dir," hatte Heiner gefragt.

Irgendetwas war in Bewegung, aus den Fugen geraten und ich wusste nicht, was. Ich hätte nicht einmal sagen können, an welchen Symptomen ich das zu verspüren glaubte, ganz zu schweigen von den tatsächlichen Ursachen und Vorgängen. Wie bei einem Tsunami, dem an weit entfernter Stelle ein ozeanisches Tiefenbeben vorausging, kündigte sich die Katastrophe mit Signalen an, die nur über eine Wahrnehmungskette erkennbar wurden, so dass Reaktionen oftmals zu spät kamen. Tiere besaßen offensichtlich Frühwarnsysteme, denn bei dem Tsunami von 2004 beispielsweise kamen kaum Tiere um. Und auffällig wenige Opfer gab es auch bei einigen Ureinwohnern verschiedener Inseln, denn sie hatten wiederum das Verhalten der Tiere beobachtet und richtig interpretiert.

Ich hatte ihn gleich, nachdem ich aus Frankreich zurück war, angerufen. Es war Fußball-EM, auf den Straßen lagen mehr zerfetzte Deutschlandfähnchen als tote Tauben und Katzenkadaver. Da wir in Deutschland waren, gab es auch einige verloren gegangene Polenflaggen und Türkenwimpel. Ich hatte den gleichen Weg genommen, wieder kurz am Bostalsee gehalten, das Paar aber natürlich nicht mehr angetroffen und fuhr ohne Übernachtung weiter nach Koblenz.

„Und was war mit deinen Eltern?"

„Was war mit meinen Eltern, was soll mit denen gewesen sein?"

„Keiner mehr da."

„Ja, und?! Mein Vater ist vor langer Zeit in Lothringen gestorben und meine Mutter lebt in den USA. Was ist daran so besonders?"

„Ich weiß nicht, sie sind halt nicht hier geblieben."

„Sie waren beide nicht von hier. Mein Vater aus Frankreich, meine Mutter aus Preußen, das weißt du doch."

„Polen."

„Und meine beiden Brüder vor mir waren tot, bevor ich auf die Welt kam."

„Drei schlimme Ereignisse nach einander, das ..."

„Lass es gut sein, Dicker. Das geht doch schon seit Jahrhunderten und Jahrtausenden in Europa hin und her. Es waren nicht nur Soldaten und nicht nur Menschen, die aus religiösen Gründen, sondern auch schon immer aus wirtschaftlichen Gründen in Europa und der ganzen Welt hin und her zogen."

Meine Eltern hatten mich geliebt, ich hatte eine glückliche Kindheit. Natürlich war da immer der Schatten meiner beiden toten Geschwister. Deshalb hatten meine Eltern mich verwöhnt und sich aus dem Staub gemacht, sobald ich erwachsen war; vielleicht hatten sie gefürchtet, ihnen hafte das Unheil an, sie könnten mir Unheil bringen.

Wir hockten im Archiv des Landesvermessungsamtes und ich versuchte ihm nicht nur zu schildern, was passiert war, eigentlich nicht viel, sondern was mich beunruhigte. Eine Schwierigkeit dabei war, dass ich nicht wusste, was mich beunruhigte.

„Du musst herausfinden, wer diese Clara ist und dann fragst du sie aus, wer ihr Auftraggeber ist und all das. Wenn sich das aufklärt, ist der Unsicherheitsfaktor ausgeschaltet und alles in Butter."

Mein Blick fiel auf eine Publikation, in deren Titel das Wort Mittelgebirge vorkam, nichts Besonderes, wir hockten hier in Koblenz zwischen den vier Mittelgebirgen Eifel, Westerwald, Hunsrück und Taunus, die zusammen das Rheinische Mittelgebirge bildeten.

„Gibt es eigentlich Niedergebirge?"

„Wie bitte?"

„Wenn es Mittel- und Hochgebirge gibt, müsste es auch Tief- oder Niedergebirge geben."

Er ging an sein Terminal, gab die Stichworte ein und zeigte mir die PDF-Datei:

„Wenn man nun Übersichtskarten in einem Blatte, z. B. von der österreichischen Monarchie und von irgend einem einzelnen kleinen Kronlande entwerfen will, so muss diese Zeichnung (nicht die Natur) dem Flächenraume nach 325000 und bei der Provinzialkarte 45800 Mal verkleinert werden, so dass ein Pünktchen von dem Durchmesser einer Linie in der Monarchiekarte schon einen Flächenraum von mehr als einer halben Quadratmeile, und in der Provinzialkarte von 1/20 Quadratmeile einnimmt; wonach man also nicht mehr die Bergformen, sondern nur mehr die Orte andeuten kann, wo die Bergketten stehen, und für die Charakteristik der Hoch-, Mittel- und Nieder-Gebirge nur mehr conventionelle Bezeichnungen anzuführen vermag", kopierte den Titel und wechselte ins Intranet. Zwei Minuten später stand er auf und kam mit dem Band zurück:

Sitzungsberichte der Mathematisch-naturwissenschaftlichen Classe der Kaiserlichen Akademie der Wissenschaften, 14. Band Jahrgang 1854, Wien 1855:

„Wie diese Gebirgsarten sich in verschiedenen Höhen und unter dem Einflüsse ihrer materiellen

Beschaffenheit namentlich im Profile gestalten, muss schon in die Erklärung der physicalischen Geographie aufgenommen werden, so dass der Schüler bei dem Anblicke der conventionellen Zeichen sich bereits Rechenschaft über die in der Zeichnung nicht mehr ausdrückbare Form geben kann."

„Unglaublich, dass alles da ist, und dass man sofort auf alles Zugriff hat. Unglaublich."

„Ja, es ist alles da, auch mein Verdienst und gleichzeitig das Problem. Man muss wissen, was man sucht, wo und wie man sucht."

„Unglaublich, Dicker!"

Dicker, in Koblenzer Platt Digger, der Ausgräber.

„Ich glaube, ich drehe langsam am Rad!"

„Quatsch, Hans. Wann hast du die Tussi zum letzten Mal gesehen?"

„Vor drei Wochen, ich habe sie nur ein Mal getroffen, verstehst du? Nix mehr gehört von ihr."

„Dann ruf sie an, Mann, du Casanova!"

Nun musste ich gestehen, dass ich ihren Nachnamen nicht kannte, und dass ich mit einem Vornamen alleine sicher keine Anwältin ausfindig machen konnte, von der ich nicht einmal sicher sein konnte, dass sie in Koblenz lebte oder niedergelassen war. Für Heiner war übrigens jeder, der die Frau fürs Leben nicht seit dem Kindergarten kannte, mit ihr nicht mindestens drei Kinder gezeugt und groß gezogen hatte und mit ihr schließlich die Enkelkinder genau so liebevoll betreute, ein Casanova.

„Bis vor ein paar Wochen habe ich friedlich und völlig unbedrängt gelebt, sorglos, regelrecht sorglos aber verantwortlich und bewusst in den Tag hinein, da taucht diese Tussi auf, macht mich an und kirre, ich fang an Sachen zu entdecken, von denen ich nie geahnt hätte, dass man danach suchen kann."

„Das war eine Art Epiphanie. Sie hat dich initiiert, sie hat dir die Augen geöffnet, du siehst die Welt nun völlig anders."

„Epiphanie, lieber Heiner, war für mich bisher immer eine Erleuchtung, eine plötzliche Erkenntnis und Eingebung. Ich empfinde das genaue Gegenteil, Eklipse, Sonderfall der Okkultation. Ich begreife gar nichts mehr."

„Wenn eine Vorstellung, eine Wahrnehmung falsch ist, wird man die wahre Erkenntnis immer als unbegreiflich empfinden."

„Hör auf, Mann, du machst mich wahnsinnig. Das kann doch alles nicht sein."

„Vielleicht gibt es auch eine ganz einfache Erklärung."

„Nämlich?"

„Du bist verliebt."

„Oh Gott, ja du Schlaumeier, das habe ich auch schon gemerkt, aber das hat doch mit all den anderen Sachen nichts zu tun."

Bei einem Radiosender anrufen, das machte man doch heute so: Hansi sucht verzweifelt seine Clara. „Hallo, Clara, wo bist du. Hans hat dich in der Tiefgarage getroffen, ihr wart zusammen Hummer essen und Champagner trinken. Seitdem habt ihr nichts mehr von einander gehört. Hans möchte dich unbedingt wiedersehen. Er hat sich unsterblich in dich verliebt. Melde dich bitte. Wir geben dir dann seine Telefonnummer. Und hier für alle Verliebten einen der schönsten Love-Songs, der paradoxerweise mit den Worten *I may not always love you* beginnt, „God only knows" von den Beach Boys." Oh Gott, ich war bei einem Oldie-Sender gelandet. Das war doch alles Quatsch, wenn sie wusste, dass ich ein Haus hatte und wer ich war, kannte sie auch meine Telefonnummer.

„Du bist ein Depp, echt, Hans."

Allein, um nicht ganz ohne Ansatzpunkt dazustehen, fragte ich ihn, ob er herausfinden könne, wem mein Vater damals die Immobilie abgekauft hatte.

„Ja klar, gib mir ein paar Tage Zeit. Du könntest das auch selbst auf dem Grundbuchamt."

„Du kennst den Typen da doch gut. Vielleicht kannst du etwas mehr als ich erfahren."

Ich fuhr nach Hause und legte mich an meinen Teich. Ich hatte den Sonnenschirm aufgespannt, die beiden Liegestühle mit den Kissenauflagen auf dem Steg, die Photovoltaik nach der Sonne ausgerichtet, so dass der kleine Bachlauf bald leise murmelte, und sah den Libellen und Goldfischen zu.

Ein Gläschen des Weins aus Frankreich, den Marie ausgesucht und empfohlen hatte, und ich kam zur Ruhe. Was konnte mir passieren? Es war doch alles in Ordnung, es war heute sogar besser als noch vor ein paar Tagen. Immerhin waren die Informationen, die mir in Metz über meine Beteiligung an REIT gegeben worden waren, das Beste, was ich in den letzten Jahren gehört hatte. Meine Zukunft sah rosig aus. Was also irritierte mich und warum war ich so aus der Bahn geworfen?

Clara. Ja, Clara. Lassen wir einmal außer Acht, dass ich mich offensichtlich in sie verliebt hatte, sie liebt mich, sie liebt mich nicht, sie liebt mich ... nicht?, gab es nichts, was zur Beunruhigung Anlass hätte geben können. Okay, ich wusste nicht, was sie vorhatte, wer sie war, wie sie überhaupt an mich herangekommen war. Irgend ein Interesse musste sie haben. Sie würde nicht einen solchen Aufwand betreiben für nichts. Wenn es also stimmte, dass sie im Namen eines Auftraggebers handelte, warum meldete sie sich nicht? Taktik? Nun, auf diese Weise würde sie den Preis eher in die Höhe treiben, denn merkwürdiges Verhalten mahnte zur Vorsicht und deutete auf ein spezielles Interesse hin, das man zu seinem eigenen Vorteil nutzen konnte. Blieb also nur die Möglichkeit, dass sie keinen Auftraggeber hatte und etwas ganz anderes wollte. Und wenn sie mehr wusste über mich, wenn sie vielleicht sogar über die Beteiligung in Frankreich Bescheid wusste? Wollte sie mich heiraten, beerben nach meinem Tod? Also wird sie mir nach dem Leben trachten? *All is fair in love and war*, im Krieg und in der Liebe ist bekanntlich alles erlaubt, aber die Geschäftemacherei, *business*, bediente sich des Krieges und der Liebe, etwas Skrupelloseres war mithin nicht vorstellbar.

Konnte es sein, dass das erste heftige Verliebtsein bei einem schon über Dreißigjährigen eine solche Paranoia auslöste? Oder war es vielmehr so, dass die Paranoia längst von mir Besitz ergriffen hatte und das Verliebtsein erstes überdeutliches Symptom war? Und vor allem, warum hatte ich mich auf die Reise zu meiner Verwandtschaft gemacht? Wollte ich mich vergewissern, in welchen genetischen Pool ich gehörte? Oder war ich nur deshalb unterwegs, weil ich statt nach ihr nach mir selber suchte, wollte ich mich finden, bevor ich sie wieder fand? Wollte ich mich ablenken, wollte ich wenigstens etwas tun, statt so zu tun, als sei nichts geschehen?

Sie wollte etwas von mir und sie würde sich wieder melden. Sie wollte, dass ich nervös wurde, deshalb wartete sie so lange. Das sollte ihr nicht gelingen, nahm ich mir vor, streckte die Beine aus und fiel in einen erholsamen Nachmittagsschlaf.

Der Rheingraben mochte zur Mittelmeer-Mjösen-Zone gehören, die sich vom Mittelmeer bis zur Nordsee erstreckte. Sie mochte die bedeutendste Trennfuge Europas sein, sie mochte mit den zentralen Riftsystemen des Indischen Ozeans und Nordatlantiks verbunden sein. Fragile Tektonik. Erdbeben, Tsunami, wir lebten auf einem Untergrund, der in Bewegung war, unter dem es rumorte. An der Oberfläche war immer nur die Obszönität zu sehen, ganz selten die ungeheuere Kraft, die darunter lag.

War es denkbar, dass die Welkes dahinter steckten, mir meine Beteiligung in Frankreich abluchsen wollten und meine Immobilie in Koblenz? Am Ende gehörte sie gar zur Familie?

Paranoia hin und Paranoia her, ich musste ruhig bleiben. Eines stand fest, Claras Auftritt hatte mich irritiert, in den Grundfesten erschüttert. Und wenn ich angefangen hatte, meiner Familiengeschichte, also meiner Herkunft und Vergangenheit nachzuspüren, dann tat ich instinktiv wahrscheinlich genau das richtige, weil tief in meiner Erinnerung etwas war, das auf Clara reagierte. Ich war gesund und bei Verstand, mir ging es gut und ich würde schon das richtige tun.

Zunächst hieß das, ins normale Leben zurück. Wenn ich auch selbstbestimmt mein Leben gestalten und spontan nach Frankreich reisen konnte, ich hatte Verpflichtungen. Ich musste mich um meine Geschäfte kümmern. Für die kommende Woche standen einige Termine an, unter anderem mit meinem Steuerberater. Außerdem musste ich ein Wochenendseminar vorbereiten, das ich für die Industrie- und Handelskammer durchführte. Die nahmen mich ganz gerne. Zwar war ich nicht der absolute Spezialist in BWL, aber dafür hatte ich eine solide Allgemeinbildung, konnte mich gut ausdrücken und war selbständig. Für Existenzgründer, Einmannunternehmen, also der richtige Allrounder. Ich leitete diese Seminare sehr gerne, man lernte Leute kennen, ihre mannigfaltigen Erfahrungen, ihre Ideen und Hoffnungen. Man konnte viel über die Gesellschaft erfahren, wenn man diesen Menschen zuhörte.

Außerdem wollte ich recherchieren, was die Franzosen in Koblenz alles angestellt hatten. Natürlich wusste ich einiges von meinem Vater, aber das war wahrscheinlich ziemlich subjektiv.

Ich wusste selbstverständlich, dass Anfang des neunzehnten Jahrhunderts die Armee Napoleons hier war, das Département Rhin-et-Moselle schuf, den Code Civil einführte, also ein bürgerliches Recht, den Klerus und Adel entmachtete, mit Tranchot anfing, die Rheinlande vermessen zu lassen, was später von dem Preußen von Müffling weitergeführt wurde, nachdem die Franzosen wieder davon gejagt worden waren. 1813 war die entscheidende Völkerschlacht bei Leipzig und 1815 wurde auf dem Wiener Kongress das Rheinland preußisch, um nur ein paar ganz wenige historische Eckpunkte zu nennen.

Nach dem Ersten Weltkrieg waren sie wieder da wie auch nach dem Zweiten. Sieht man all diese Veränderungen, manchmal innerhalb kürzester Zeit, muss man schon ziemlich naiv sein, zu glauben, so sie es jetzt war, bliebe es für immer. Deshalb war es unbedingt notwendig, die Veränderung und Entwicklung Europas voranzutreiben. Das kam dem

Bedürfnis des Menschen nach Veränderung entgegen, ohne Revolutionen anzuzetteln oder kriegerische Feldzüge zu führen.

Mich interessierte vor allem die Zeit nach dem Zweiten Weltkrieg. Mein Vater, Jahrgang 1932, kam erst Mitte der 1950er Jahre nach Koblenz als Anfangszwanziger und verließ die Armee, als die letzten französischen Truppen Koblenz 1969 verließen.

Die Franzosen waren nicht allzu gut angesehen im Rheinland, das weiß ich, habe ich selbst jedoch nicht mitbekommen. Sie galten als Plünderer und Ausbeuter. Sie waren zwar Besatzungsmacht, aber eigentlich keine Siegermacht, sondern zumindest gebietsweise zuvor Besetzte gewesen und selbst befreit worden.

Die besetzte Zone („Zone occupée") war der Nordosten und Norden Frankreichs, die Atlantik- und die Kanalküste, es gab die vom deutschen Reich annektierten Departements Elsaß und Lothringen, weiterhin die sogenannte freie Zone („Zone libre"), wo das von den Deutschen abhängige konservativ-autoritäre *Vichy-Regime* (die offizielle Bezeichnung war *État Français*) mit Deutschland kooperierte, bis 1944 die Alliierten einmarschierten und nicht nur Frankreich befreiten.

Neben den Recherchen hier in Koblenz, wollte ich weitere Reisen unternehmen. Mit meinen Eltern war ich als Kind, bevor ich zur Schule ging, viel gereist, wir drei zusammen oder ich alleine mit Papa nach Metz und mit Mama nach Norddeutschland, Lübeck, Niedersachsen, wo halt all die Onkel und Tanten verstreut lebten.

Das Reisen war mir ins Blut gegeben, der spontane Ausflug nach Metz mithin keine Sensation.

Wenn man es genau betrachtete, das heißt im rechten Zusammenhang, relativierte sich vieles und offenbarte seine Relevanz, war somit Voraussetzung für das Gelingen von Transferhandlungen.

Mon repos, meine Ruhe, ausspannen war angesagt. Es war Sommer. Ich ging gemütlich meinen Geschäften nach, besuchte das eine oder andere Open-Air-Konzert, Sommerfestspiele, lernte dabei eine Frau, Corinna, kennen und verbrachte mit ihr wunderbare Tage an verschiedenen Badeseen, Abende in Biergärten und manche Nacht im Freien. Sie fuhr dann in Urlaub, schrieb mir noch eine Karte und das war es dann. Ich brachte meine Reisepläne soweit voran, dass nur noch zu entscheiden war, ob ich zuerst in die USA oder nach Polen reiste, und recherchierte ein wenig.

Heiner ließ mich nach ein paar Tagen wissen, dass mein Vater in den frühen Sechzigern die beiden Immobilien erworben hatte, von denen ich nun eine besaß und die andere meine Mutter verkauft hatte, um davon in die Staaten auszuwandern und ihr eigenes feines Geschäft zu etablieren. Sie war immer stolz darauf gewesen, dass ihre Eltern und Großeltern in Danzig ein Geschäft besessen hatten, das man heute wohl als Innenausstatter bezeichnen würde. Sie verkauften Stoffe, Tapeten, Farben und übernahmen auch Malerarbeiten, außerdem Wohnzimmermöbel, die sie in einer Schreinerei herstellen ließen, die auch der weiteren Verwandtschaft gehörte. Mama nannte sich *interior designer* und richtete *New England homes* geschmackvoll ein, geschmackvoll auch nach europäischen Stilvorstellungen.

„Eigentum, Grund und Boden, Erbrecht," hatte Heiner gesagt, „das weißt du, Hans, genau so gut wie ich, ist ein weites Feld und eine äußerst komplizierte Angelegenheit, weil immer einer da sein muss, der dir Recht gibt und deine Rechte schützt. Es sei denn, es gilt einfach das Recht des Stärkeren. Und auf gewisse Art und Weise ist das heute noch so. Was willst du einem adligen Gutsherrn sagen, wenn er sein Recht einfordert, das ihm aus Jahrhunderten Familienbesitz zustehe? Nehmen wir an, der Familienbesitz liegt in Mecklenburg-Vorpommern, so um Güstrow herum. In den letzten fünfhundert Jahren gehörte das zum Herzogtum Mecklenburg, war Teil des Heiligen Römischen Reiches, Königreich Preußen, dann wieder Großherzogtum Mecklenburg-Schwerin, Deutsches Reich, alles Monarchien soweit, dann die Weimarer Republik, die Nazidiktatur, die Sowjetische Besatzung, DDR und schließlich Bundesrepublik. Enteignungen gab es in dieser historischen Reihe nur im Dritten Reich, in der SBZ und der DDR. Keine besondere Ehre für einen modernen, aufgeklärten und demokratischen Staat so entstandene Besitzverhältnisse zu legalisieren."

In Berlin, London und Moskau, und nicht nur da, waren die Ausstellungsräume und Magazine voll mit Beutekunst, gesammelt in Jahrhunderten von Altägypten bis Zentralafrika. Er hatte natürlich Recht, nicht nur der Kommunismus kannte, zumindest theoretisch, keinen Privatbesitz, es gab ja auch Völker, die keine Staatsformen kannten wie wir. Wie schwer hatte sich die Schweiz zu nur schäbigen Entschädigungen durchringen können. Schweizer Banken hatten Tausende Konten deutscher Juden, die das KZ überlebt hatten oder den Nachkommen derer, die umgekommen waren, in aller Welt verstreut lebten, mehr oder weniger annektiert und sich daran bereichert. Was war mit Nomaden? Was mit den Indianern? Nur, weil sie keine Staatsverfassung hatten, durfte man ihnen ihr Land wegnehmen? Auch wenn die Geschichtsbücher sagen, der aus Friesland gebürtige Stuyvesant habe 1658 mit den Häuptlingen aus der Gegend um den Hudson River verhandelt und das Gebiet erworben. Manhattan, indianisch Mannahata, kostete 60 niederländische Gulden, nette Rendite, wenn es da eine ungebrochene Erbfolge gäbe wie in Mecklenburg-Vorpommern.

Und das war ja nicht nur den Indianern Nordamerikas passiert, das geschah heute noch mit den Indianern Südamerikas und den Eingeborenen andernorts. Was war mit den Sklaven? Was mit den Frauen, die heute noch in bestimmten Regionen Eigentum des Mannes waren? Eigentum war kein Menschenrecht, es existierte nur ein Zusatzprotokoll zur Menschenrechtskonvention, und wie es um die Persönlichkeitsrechte stand, konnte man jeden Tag in den Medien erfahren.

Die Feststellung, dass der Erwerb der Immobilie, die sich nun in meinem Besitz befand, absolut korrekt verlaufen war, bezieht sich somit auf die derzeit geltende Rechtslage und weiterhin war nicht zu übersehen, dass der Preis selbst für damalige Verhältnisse äußerst günstig für den Erwerbenden gewesen war. Der Preis lag gerade so hoch, dass man ihn nicht als symbolisch bezeichnen konnte; keine Rendite allerdings wie bei Manhattan. Ob der damalige Besitzer in einer Notlage gewesen war, ob es irgend welche andere Zwänge gab oder ob er meinen Vater gut kannte und leiden mochte, wer konnte das nach fast fünfzig Jahren schon sagen.

Eine weitere Irritation des Sommers hatte Heiner parat, als er mich über die Ergebnisse seiner Recherche unterrichtete:

„Hast du letztens die kleine Anzeige in der RZ gesehen?"

Ich hatte nicht und wusste nicht, was er meinte.

„Genau kann ich mich nicht mehr erinnern, jedenfalls kamen die Namen Clara und Hans vor und es ging darum, dass Clara, die Anwältin, Hans, den lieben süßen, um Vergebung bat für ihr kleines Täuschungsmanöver und dass sie ihn liebe."

Ich fand die Anzeige, die eine knappe Woche zuvor erschienen war: „Cher Jean! Sei mir bitte nicht böse, dass ich unter einem Vorwand Kontakt zu Dir aufgenommen habe. Es geschah aus Liebe. Wir werden uns wiedersehen. Clara."

Kein Wort von Anwältin. Wie viele Hänschen und Clärchen gab es in Koblenz und Umgebung. Aber die Anzeige brachte wieder etwas nach oben, das ich begraben wähnte. Und beim Baden im Laacher See glaubte ich in einer kurz auftauchenden und vorbeischwimmenden Frau Clara zu erkennen, und wieder schlug mir das Herz bis zum Halse, ich schluckte Wasser und hustete und prustete und wäre fast untergegangen. Aber das war ja alles Schwachsinn und nur auf die Irritation durch Heiners Hinweis zurückzuführen. Was sollte schon sein?

Es war logisch und durchaus konsequent, denn was ich als nächstes vorhatte, passte perfekt in mein Handlungsmuster: Ich fuhr nach Polen. Bevor dieser Gedanke überhaupt Form annehmen konnte, hatte mich die Gewissheit beschlichen, dass als nächstes wahrscheinlich die USA auf dem Reiseplan stünden und wer weiß, welche Destination noch dazu käme, wenn ich Polen und die Vereinigten Staaten hinter mir hatte.

Mama besuchte ich regelmäßig. Ich liebte Mama und ich liebte die USA, zumindest, was diesen Küstenstreifen in Connecticut anging. Hier hatten wir, Mama und ich, sicherlich unsere schönsten Tage erlebt, seit Papa uns verlassen hatte. Sie war so distinguiert, sie war so entspannt, so glücklich, ich glaube, wenn ich nicht da war, pflegte sie eine lesbische Beziehung, ich hatte nie einen Mann in ihrer Nähe gesehen, wenn ich da war. Möglich auch, dass sie es aus Rücksicht auf mich und meine Gefühle für und meine Erinnerungen an meine Eltern unterließ, mir ihren Lebenspartner, männlich oder weiblich, vorzustellen. Ich blieb zu ihrem Leidwesen auch nie länger als zwei Wochen. Das ein oder andere Mal hatte ich anschließend alleine weitere Reisen durch die Staaten unternommen.

Polen allerdings hatte ich noch nie besucht, das war lange überfällig, Heimat meiner Mutter und der Vorfahren aus dieser Linie. Der Weg war nicht das Ziel, der Weg war der Weg und das Ziel das Ende. Und dann gab es keinen Weg mehr. Amen. Die Entscheidung Polen oder USA, die im übrigen auch viele Auswanderungswillige sich nicht leicht machten, wurde mir abgenommen. Mama schickte eine SMS, in der sie, knapp wie gewohnt, Sehnsucht nach ihrem

Sohne ausdrückte, dem sie eine Überraschung mit-
zuteilen habe. Ich rief an und versprach zu kommen.

Die Entscheidung zwischen Polen und USA, man
mag es kaum glauben, fiel bei der Mehrzahl der
Emigranten zugunsten der Schweiz aus, erst dann
kam die USA auf Platz zwei, gefolgt von Polen und
Österreich. Ich hatte mir die Frage selbstredend
mehrfach schon gestellt, ich hätte nach Frankreich
gehen können, dann aber nicht nach Metz, Lothringen, sondern eher in den Süden, Provence musste es
nicht sein, eher die Südwestseite des Massif Central,
zwischen Mittelmeer und Atlantik gelegen, nicht weit
von Spanien – Languedoc Roussillon oder Midi-Py-
rénées, später vielleicht. Meine persönliche Furcht
war immer, dass es, wenn es dann irgendwann, und
das war nur eine Frage der Zeit, einen richtigen
Crash an der Börse gab, gut wäre, auf dem Land zu
sein, möglichst weit weg von einer großen Stadt.

Denn in einem solchen Falle, wenn alle Ter-
mingeschäfte und virtuellen Verschiebereien platz-
ten, dann wäre plötzlich kein Getreide mehr da, um
Brot zu backen, kein Gemüse, das man kochen oder
Fleisch, das man auf den Grill legen konnte. Ohne
dass ein Gramm Lebensmittel weniger auf der Erde
wäre, hätten sie die virtuelle Qualität der Anlagen
übernommen und mit ihnen ihre Realität verloren. Es
wäre nichts mehr verfügbar. Und dann war es gut,
auf dem Land zu sein, direkt am Feld, bei den Wiesen, Wäldern und den Ställen. Vor den Städtern
konnte man einigermaßen sicher sein. Sie würden
sofort ausschwärmen und ihre Megapolis verlassen
wollen, aber sie kämen nicht weit, denn der Sprit
ginge natürlich auch aus. Ein Häuschen auf dem
Land mit Garten und ein paar Hühnern, Kaninchen,

war nicht die beste Investition renditemäßig betrachtet, aber für ein Wesen aus Fleisch und Blut womöglich die einzige Überlebenschance. Polen wäre also gar keine so üble Wahl, sich in die Lage zu versetzen, sich selbst wenigstens einige Wochen am Leben erhalten zu können.

Mama war nicht lesbisch geworden, sie wollte heiraten, und zwar einen Mann, einen etwas jüngeren Mann zwar, der aber okay war; jünger bedeutete Mitte fünfzig. Ich mochte ihn gleich. Er wirkte ganz dezent schwul, zugegeben, er war Dekorateur und arbeitete zunächst mit meiner Mutter zusammen und bald, nach der Hochzeit, würden sie ihr gemeinsames Geschäft ausbauen. Nicht zum ersten Male versuchte sie mich zum Bleiben zu bewegen, also in die USA zu kommen. Ich konnte einsteigen, ich konnte die Buchführung, das Büro übernehmen, mit Mama zusammen Kundenakquise und Marketing betreiben, sie allein die Kunden betreuen und Ron die praktische Arbeit selbst durchführen, beziehungsweise beaufsichtigen.

Ron hatte in mich einem sehr entspannten Moment, wir genossen nach einem ausgiebigen BBQ am Strand ein paar kühle Budweiser, Johnny genannt. Das gab dann aber den bösen Blick von Mama, und er kehrte sofort *and for good* zu dem aus seinem Munde natürlich holprig klingenden Johannes zurück. Einer meiner Klassenkameraden hatte es einmal bei uns zu Hause gewagt, mich Hansi zu nennen; dem wäre sie fast an die Kehle gegangen. Ich habe nie begriffen und auch nie Auskunft darüber erhalten, warum ich in Anwesenheit meiner Mutter nur Johannes genannt werden durfte. Genau so wenig hatte sie es gemocht, wenn mein Vater sie mit ihrem

Nachnamen foppte und sie Freifrau von Zier-Ei nannte. Mama war eine herzensgute Frau und liebte mich abgöttisch. Aber es gab Bereiche, die waren tabu und das blieben sie. Nie hat sie mir Fragen diesbezüglich beantwortet, nie. Sie wurde nicht wirklich böse im Sinne von laut oder verletzend. Auf eine gewisse Weise glaube ich, kam sie selbst nicht in diese Bereiche. Das war, als hätte man aus diesen Bereichen den Nerv gezogen, das war gefühlsmäßig tot, selbst wenn sie gewollt hätte, da ging einfach nichts.

Man ist oft versucht, die Gründe dafür in der Kindheit, in einem Trauma der Kindheit zu suchen. Und Gelegenheit dazu hatte es sicher genug gegeben, wenn man bedachte, dass sie ihre ersten Kindheitsjahre in den letzten Kriegsjahren verbringen musste, dass sie die Flucht in tiefstem Winter auf dem Pferdefuhrwerk mitmachen musste. Sie wird da viel erlebt und mit ansehen haben müssen. So viele Tote gesehen, dass ein Bestatter in seinen erfolgreichsten Berufsjahren sie beneidet hätte.

Womöglich gehörte sie auch deshalb zu denen, die nie zurück gehen konnten nach Danzig, in die Geburtsstadt, die alte Heimat. Sie hatte in Norddeutschland gelebt und die meiste Zeit ihres Lebens in Koblenz, die zweitlängste Spanne nun schon in Nordamerika; ich glaube, sie war nirgendwo wirklich Zuhause, außer vielleicht in der Zeit, in der wir, Papa, Mama und ich, Familie waren. Und als das zu Ende war, ist sie weggegangen, weit weggegangen. Aber an die See hatte es sein müssen. Das größte Glück für sie wäre natürlich gewesen, wenn ich ihr gefolgt wäre.

Sie bedrängte mich damit besonders intensiv während unseres gemeinsamen Hummeressens, ohne Ron, zu dem ich sie eingeladen hatte. An einem gewissen Punkt meinte sie „Was guckst du mich eigentlich die ganze Zeit so komisch von der Seite an? Ist was?“

„Nein. Ich versuche nur herauszufinden, ob ich dir ähnlich bin. Äußerlich, meine ich.“

Die Linkshändigkeit hatte ich auch von ihr geerbt oder übernommen, ein paar Verhaltensweisen, das leichte Gaumengeräusch, wenn ich oder sie genervt war. So wie gerade jetzt. Man legte die Zunge an den Gaumen, zog sie weg und es gab ein leises, dezent schnalzendes Geräusch. Die Welkes waren Rechtshänder mit überdurchschnittlich vielen Linkshändern in der Familie, die Fonciereys dagegen Rechtshänder mit der Ausnahme meiner Mutter.

„Oh Gott, du warst in Frankreich.“

Eine sehr schnelle Auffassungsgabe glaubte ich auch mit ihr gemein zu haben.

„Ja, und? Ich habe Oma in Metz besucht.“

REIT ließ ich besser unerwähnt.

„Die Totengräber. Die Leichenfledderer. Und war’s erbaulich?“

„Mama!“

Sie schaute mich an, als wäre sie kurz davor, mir das ganz große Geheimnis anzuvertrauen. Dann entspannte sich ihr Gesicht, sie schlug beherzt mit dem Holzhammer zu und schlang genüsslich blütenweißes Hummerfleisch hinunter:

„Du hast ja keine Ahnung, Junge.“

„Wie auch, du erzählst mir ja nichts.“

Und das tat sie auch weiterhin nicht. Obwohl ich glaubte, nie zuvor so nah an dem Punkt gewesen zu sein, an dem sie sich mir anvertrauen wollte.

„Ron und ich werden einen Ehevertrag schließen, sollte ich sterben, wird er das Geschäft übernehmen, alles andere wirst du erben. Das Haus mit dem Geschäft also bekommt er, aber du kannst die kleine Wohnung nutzen oder als Feriendomizil vermieten."

Altes Indianerland, hatte sie mir stolz erzählt und mir zu Pfeilspitzen bearbeitete Granitsplitter präsentiert.

„Mama!"

„Was ist? Ich bin älter als er, und du bist ein richtiger Welke. Du hältst dein Geld zusammen, das weiß ich. Und ich habe doch nur noch dich, mein Kind."

Es muss wirklich schlimm für sie gewesen sein für sie, die beiden Kinder vor mir zu verlieren. Aber das war auch ein Tabuthema. Die toten Kinder und französischen Leichenfledderer. Um so mehr freute es mich, dass sie endlich jemanden gefunden hatte, den sie liebte. Bei der Hochzeit selbst, das vertraute sie mir dann an, wollten sie mich nicht dabei haben, sie hatten sich zum *real American way* entschlossen, wollten wohl nach Vegas rüber und dort in einem *Chapel of Love* die Trauung vollziehen.

Bei meinem Abflug übergab mir Mama ein Couvert, das ich dann im Flieger hoch über den Wolken öffnete. Es enthielt eine alte Kladde mit einem von ihr verfassten Märchen, Zeichnungen und Fotos aus meiner Kindheit. Liebevoll von Mama gestaltet und mit der Aufschrift versehen „Itineri Ioanni".

Ach, Mama.

„Es war einmal ein kleiner Prinz, der hieß Johannes und lebte mit seinen Eltern, der Königin und dem König, auf einem Schloss zwischen zwei Flüssen. Eines Tages wusste der kleine Prinz, dass die Zeit gekommen war, auf Reisen zu gehen, ..."

Das war ihr Gegenentwurf gewesen zu dem, wie sie fand, unsäglichen „Hänschen klein ging allein in die weite Welt hinein, Stock und Hut steht ihm gut, ist gar wohlgemut. Aber Mutter weinet sehr, hat ja nun kein Hänschen mehr."

„Wünsch dir Glück", sagt ihr Blick, „kehr nur bald zurück !"

Nach zwei Wochen war ich wieder in Koblenz. Obwohl ich mich mit meiner Mutter wirklich sehr gut verstand, war das Thema Papa in einer Reihe von Belangen und seine Verwandtschaft und Geschäfte in fast allen Belangen tabu. Das war für sie erledigt und von ihr würde ich nichts erfahren, so lange sie lebte, weshalb ich mir auch jede Frage danach schenkte. Deutlich gemacht hatte sie, dass sie mir die Vielzahl an Dokumenten über ihren Tod hinaus jedoch nicht vorenthalten würde. Nichts werde vernichtet, hatte sie versprochen.

Die Entscheidung Polen oder USA war also zunächst zugunsten der USA ausgefallen, aber auch die Entscheidung für Polen zog weitere Entscheidungen nach sich, ob ich nämlich individuell oder pauschal reisen sollte. Ich entschied mich für eine „Städtereise Danzig, Marienburg und Masurische Seenplatte mit Königsberg, geführt: 11 Tage, 10 Übernachtungen.

1. Tag: 1000-jährige Hansestadt Danzig. Ankunft im Hotel, wo unsere Reiseleitung Sie begrüßen wird. Nach gemeinsamem Frühstück ist eine ausführliche Stadtbesichtigung durch die vorbildlich restaurierte Altstadt (ca. 3 Std.) vorgesehen. Anschließend freie Zeit für Stadtbummel und Shopping. Später werden wir gemeinsam den Tag in einem ausgewählten Danziger Restaurant beim Abendessen ausklingen lassen. Übernachtung in einem Hotel der Mittelklasse in Gdańsk.“

Das schien mir sicherer in einem Land, das ich noch nie besucht hatte, dessen Sprache ich nicht beherrschte, das vor noch nicht allzu langer Zeit mehr oder weniger Diktatur gewesen war. Tagespolitik war mir ziemlich gleichgültig, so lange ich als Bürger meine Freiheit hatte. Je weniger Staat umso besser.

Manchmal allerdings war es schon gut, wenn man den Schutz der Polizei in Anspruch nehmen konnte. Oder den Reiseleiter kontaktieren.

Dass das notwendig werden sollte, ahnte ich bei Reiseantritt natürlich nicht. Ich hatte ein Einzelzimmer gebucht, nicht weil ich eine Bude haben wollte, in der ich mit Polinnen oder Touristinnen hätte allein sein können, nein, sondern um tatsächlich allein sein zu können.

Unser Hotel, Novotel Centrum, lag auf einer Halbinsel zwischen den Motława Kanälen Stara und Nowa, innerhalb von nur zwei Kilometern Fußweg konnte ich das Krantor, den Langen Markt und den Bahnhof erreichen. Meine beiden Lieblingsplätze Hafen und Wasser, Bahnhof und Gleise dicht beieinander. Die Liebe zu den Bahnhöfen hatte ich vom Vater, die zu den Häfen, zur See, von der Mutter geerbt. Papa war als Offizier für Nachschub und Versorgung zuständig gewesen, hatte also viel mit Transport und Eisenbahn zu tun gehabt, auch in seinem späteren Zivilleben in Deutschland. Mama war hier in der alten Hansestadt geboren, aus städtischem und gebildetem Milieu, hatte als kleines Kind sicher oft am Ostseestrand gespielt und gebadet. Mama, Papa, klar, als Erwachsener sollte man sich nicht mehr zu sehr mit ihnen beschäftigen, sondern seinen Geschäften nachgehen, sein Leben leben, so wie ich bisher.

Aber es gab eben einen Punkt, an dem man sich seiner Wurzeln bewusst werden wollte. Dem entging kaum jemand, und auch bei mir war es irgendwann so weit gekommen. Wie die Gebetsformeln „Vater unser im Himmel" und „Gegrüsset seist du Mutter Maria, voll der Gnade" waren diese Formulierungen in meinem Kopf aufgetaucht, variierten nach einem bestimmten Muster und würden, wenn nicht erhört, so doch am Ende mit einem Amen verstummen.

Der Danziger Bahnhof ist mit seinem schlanken hochaufragenden Uhrenturm nach meinem Geschmack einer der schönsten in Europa. Der Turm erinnert an den des Danziger Rathauses, mich aber auch ein wenig sogar an Big Ben. Er wurde von den Architekten Alexander Rundel, Paul Thomer und Cuny geplant und in den Jahren 1894 bis 1900 errichtet. An der Ul Podwale Grodzkie gelegen mit Fassadenelementen der Danziger Spätgotik, also neogotisch. Danzig besitzt eine wirklich atemberaubende Vielzahl an schönster Architektur wie Kranentor aus dem fünfzehnten oder das Goldene Tor in italienischer Renaissance aus dem frühen siebzehnten Jahrhundert. Ich war beeindruckt und fühlte mich wohl. Natürlich gab es auch hier wie andernorts Bausünden, aber in zweihundert Jahren wird man bereit sein, einige als denkmalwürdig einzustufen.

Die Nächte waren kurz, wir waren etwa so weit nördlich wie Kiel oder Lübeck, und es gab ein Nachtleben, ja. Nach Sopot waren es nur zwanzig Kilometer und da sollte das richtige Nachtleben abgehen, aber mir reichte es, abends in einem Straßencafé zu sitzen, alleine oder mit dem einen oder der anderen aus der Reisegruppe. Heute war ich alleine, hatte gut gegessen und wollte einfach nur die Füße ausstrecken; das Stadtleben, manchmal mochte ich es wirklich, konnte darin untertauchen, und ließ das Leben warm, dunkel und vielsprachig an mir vorbeiplätschern, ohne hinzuhören, ohne mich auf etwas Bestimmtes zu konzentrieren. T-Shirts und Push-Ups, Tanks und Tops, kündeten hier wie überall auf der

Welt von den Fixierungen ihrer Träger. Man sollte mal eine Kultur- und Motivgeschichte des T-Shirts schreiben. Ich glaube, es gab kein Phänomen der menschlichen Betätigung, das nicht auf der Brust oder dem Rücken dieses Kleidungsstückes dokumentiert worden war. Wahrscheinlich gab es auch keine Sprache dieser Erde, die nicht auf einem Hemdchen zu lesen war.

Verstand auf Tauchstation, Wahrnehmung mal wieder verwässert, ich hätte gewarnt sein müssen. Und dann noch Fishbone auf der Brust. Sie setzte sich irgendwann zu mir an den Tisch. Und als sie da hockte und mich anlächelte, wurde mir bewusst, dass ich die ganze Zeit mit ihr, wenn auch ein wenig gedankenverloren, geflirtet hatte. Es war nicht so ganz offensichtlich, aber die Vermutung lag nahe, dass sie Prostituierte war; sie sprach mich Polnisch an. Das heißt, ob es Polnisch oder Russisch oder Chinesisch war, hätte ich ernsthaft nicht sagen können. Ich lud sie auf einen Drink ein und redete Englisch mit ihr. Merkwürdigerweise hatte ihr Englisch einen eher deutschen Akzent, womöglich von deutschen Touristen übernommen.

Es ist nicht meine Art, mich mit Prostituierten zu amüsieren. Mir war immer wichtig, die Menschen auch zu kennen, mit denen ich sexuell verkehrte. Ich musste sie kennen und mögen. Ich wäre auch nie auf die Idee gekommen, so etwas Krankhaftes wie Speed-Dating oder Online-Chat mitzumachen. Das war kulturlos, barbarische Beischlafanbahnung, billige Begattungseinleitung, widerlich. Wenn ich eine Frau auf einer Ausstellung in Köln oder Berlin kennen lernte oder bei einem Konzert in einem Schlossgarten, man anschließend gemeinsam aß, sich bei einem Glas

Wein näher kam, ja, das war doch etwas ganz anderes, das hatte Stil, das war kultiviert und brachte Erfüllung. Mein Geheimtipp zum Kennenlernen von interessanten Frauen, wenn es mal mit den Bekanntschaften nicht so lief, waren Ausstellungseröffnungen von Hobby-Künstlerinnen. Die waren dankbar, wenn man mit ihnen ihre Bilder, ihre Technik, ihre Motivwahl erörterte. Und manche von ihnen hatten die Vorstellung, ihrer Klischeevorstellung einer Künstlerin folgend, sie müssten sich ganz spontan auch auf amouröse Abenteuer einlassen; wenigstens einmal. Voilà tout!

Sex musste sich ganz natürlich ergeben, wenn man auf einer Wellenlänge war, wenn man sich mochte, wenn die Stimmung die richtige war. Sex um des Sexes willen war mir bisher nie in den Sinn gekommen, also, um ehrlich zu sein, Phantasien hatte ich schon, die gelegentlich auftauchten, mich beunruhigten und Gott sei Dank bald auch wieder verschwanden. Man durfte solcherlei Anfechtungen nicht nachgeben, dafür gab es auf der Welt zu viele Verrückte. Warum ich mich dennoch mit ihr einließ, kann ich selbst nicht mehr ganz nachvollziehen.

Wir waren von dem Dreitagetrip Masuren zurückgekommen, ich hatte gut aber nicht allzu viel geschlafen, war aufgekratzt und seemäßig sediert gleichzeitig, die Pause, der Aufenthalt zu Hause, nach den USA, war, wer wusste das schon, vielleicht zu kurz gewesen, jedenfalls hockte ich da mit ihr, redete dummes Zeug und hatte längst schon mehr getrunken, als es meine Art war und mir gut tat. Ich hatte den für mich sehr seltenen Punkt erreicht und womöglich überschritten, an dem ich willens war, die

Kontrolle aufzugeben, was soll's, heute war es einfach so.

Die Landschaft Masurens wäre eigentlich genau das Richtige gewesen, um anzukommen, zur Ruhe zu kommen, sich zu entspannen, wäre da nicht die Gruppe gewesen und das Programm, aus dem ich mich nicht zu oft ausklinken wollte. Und dennoch hatte ich schnell mein Hotel, zurück in Gdańsk, wieder verlassen. Auch wenn ihre Bewegungen sehr kontrolliert waren, bedacht natürlich darauf, Wirkung zu erzielen, machte sie trotz ihrer Perücke und den hellblau getönten Brillengläsern kaum den Eindruck einer Professionellen, eher kam sie mir vor wie ein selbstbewusstes Mädel, das intuitiv im Spannungsbogen zwischen Unbefangenheit und Befangenheit balancierte. Ich schäkerte und schäkerte und trank und gab aus, nur um den Moment, in dem ich zurück ins Hotel und auf mein Zimmer gehen wollte und sie mich anblickte „Du wirst mich doch nicht alleine hier sitzen lassen?!", hinauszuschieben, zu verhindern vielleicht. Sie sprach es schließlich mit großer Gelassenheit aus:

„Let's go to your hotel."

Den einzigen Satz, den sie auf deutsch mir später ins Ohr flüsterte, war: „Du gehörst mir!", es hörte sich allerdings mehr nach „du gehärst mirr" an. Keine Angst, ich werde keine Details preisgeben, kein Wort über ihre Figur verlieren, keine Silbe darüber, was der abgenagte Fisch auf ihrem Shirt im Push-Up verbarg, ob sie also große oder kleine Brüste hatte – spielte das überhaupt eine Rolle? – ob ihr Hintern dick oder stramm, ob ihre Oberschenkel schlank oder zellulitisch waren, ob sie sich willig öffneten und klammerten und, na ja, ich weiß es nicht mehr so genau. Was ich mitbekam, war, dass sie darauf bestand, das Licht auszumachen, nachdem ich darauf bestanden hatte „take that fucking wig of, will you?", dass sie ihre Perücke und die alberne, getönte Brille mit Null Stärke weglegte. Was ich nie vergessen werde, dass ich mich unglaublich gut fühlte bei ihr, dass es nichts Billiges oder Obszönes an sich hatte, dass ich glücklich in ihren Armen einschlief. Und wenn gerade darin das Professionelle lag? Dachte ich manchmal, ja, wahrscheinlich, denn am nächsten Morgen lag ich alleine in meinem Bett, kaum verkatert, aber mit einem Gefühl in der Brust, als sollte ich aufspringen, einen Urschrei loslassen und die Welt neu erschaffen. So hatte ich mich schon ewig nicht mehr gefühlt.

Moment, durchfuhr es mich, ich kramte nach meiner Hose, zog das Portemonnaie hervor, Geld fehlte keins, auch keine der Karten. Ich sah mich im Zimmer um, ich war alleine, Oliwia war nicht mehr da, aber sonst schien nichts zu fehlen. Beischlafdiebstahl zumindest schien es nicht gewesen zu sein, nur ein Raub von Gefühlen, zärtlichen Dienstleistungen, verschwenderisches Ausschütten von Hormonen und Flüssigkeiten, ein Bad in der Glückseligkeit. Ich fand einen Zettel im Bad: „CU @ breakfast, my dear!"

Na also. Ich duschte und rasierte mich, zog mich an und lief die Treppe hinunter in den Frühstücksraum. Er war bereits ziemlich voll, alle Tische mehr oder weniger besetzt und es dauerte eine Weile, bis ich alle Anwesenden zweimal genau in Augenschein genommen hatte und von den anderen Teilnehmern meiner Reisegruppe freundlich gegrüßt wurde; das eine oder andere schon leicht verblühte Mädel bot mir einen Platz an ihrem Tische an. Aber von Oliwia war nichts zu sehen. Nun gut, @ *breakfast*, zum Frühstück, war eine recht ungenaue Zeitangabe, und so suchte ich mir einen Tisch, an dem die beiden Hotelgäste ganz offensichtlich ihr Frühstück beendet hatten und dabei waren aufzustehen.

„Ist hier noch ein Platz frei?"

„Ja, klar, wir sind fertig."

Es war das Ehepaar Lörda, beide fast achtzig, die zum ersten Male ihre alte Heimat besuchten. Sie hatten mir bei einer Tasse Tee in der Lobby ihre ganze Lebensreise geschildert. Vertreibung und Flucht, Einquartierung bei einem Bauern in Schleswig-Holstein, wo sie sich kennen lernten, dann Anfang der Fünfziger nach Bayern, wo es ihnen nicht gefiel, sie waren halt flaches Land und die Ostsee gewohnt, und dann nach Dänemark auswanderten. Sie waren wirklich nett, hatten verdientermaßen viel Glück in ihrem weiteren Leben gehabt und waren stolze Gründereltern einer nun vier Generationen umfassenden Familie, die eine Molkerei und Käserei betrieb. Höflich wie sie waren, wollten sie mir Gesellschaft leisten, aber ich versicherte ihnen, dass es mir nichts ausmachte alleine zu frühstücken.

Ich fing an nervös zu werden, ich hatte mehr gegessen als es meine Gewohnheit war, denn ich musste ja warten und wollte das nicht zu auffällig zeigen, also aß ich zuerst Eier mit Speck, dann Brötchen mit Wurst und Käse, anschließend Joghurt und als letztes schälte ich bedächtig einen Apfel. Im Speisesaal waren nur noch die paar bekannten Langschläfer. Und davon gab es einige.

Mir wurden die Augen zugehalten, von hinten, von zarten Frauenhänden, von zarten und parfümierten Frauenhänden.

„Oliwia!"

Die Hände entfernten sich, und mir gegenüber nahm Clara platz. Mir fiel der Apfel zu Boden, wobei sich die Schale wie bei einem Schweineschwänzchen kringelte. Hektisch bückte ich mich, schlug mit dem Kopf auf die Tischkante.

„Ruhig, Hans, ganz ruhig, es ist alles in Ordnung."

Den Blick, in den sie mich triumphierend einpackte, zurechtgestutzt auf ein handliches und frauenfreundliches Format, werde ich nie vergessen. Der Begriff Triumph war zu ein- oder höchstens zweidimensional. Ihr Blick war Kategorie vierte Dimension, ein Blick, der nicht nur Sieg signalisierte, sondern das seltene Glück bedeutete, dass Siegerin und Besiegter sich bewusst waren, gemeinsam das geschaffen zu haben, was mit Kampf, Sieg und Gewinn nur unzureichend beschrieben war.

Das Gesamtkunstwerk Liebe auf den ersten Blick, nicht nur Du und Ich, erste Dimension, nicht nur Wir, zweite, nicht nur unser Verliebtsein, dritte, sondern kosmische Verschmelzung jenseits von Raum und Zeit, vierte. Im gleichen Augenblick glühte in roten Lettern der Name OLIWIA erneut in meinen Gehirnzellen auf, zog, zweidimensional, wie ein Reklameband an einem Flugzeug durch Großhirn und Kleinhirn in den Thalamus.

Peng!

Wenn Oliwia jetzt auftauchte, ich würde im Boden des Frühstückraumes versinken, durch Bohnerwachs und Parkett und Beton in den polnischen Subuntergrund diffundieren.

„Hans!"

Sie legte ihre Hand auf meine Stirn, strich mein Haar zur Seite und meinte:

„Nicht so schlimm, man sieht überhaupt nichts. Beruhige dich doch, mein Gott, es tut mir Leid, wenn ich dich erschreckt habe. Das wollte ich nicht, wirklich nicht."

Sie strich mir über die Wange. Ich war nicht in der Lage, etwas zu sagen oder sonst eine Reaktion zu zeigen.

„Hans, jetzt, also, reiß dich mal zusammen. Du musst keine Angst haben, Oliwia kommt nicht."

Sie wusste es, sie wusste alles. War sie im Nebenzimmer gewesen? Hatte sie gelauscht? War das Zimmer verwanzt, mit Kameras bestückt? Hatte sie die Nutte angeheuert?

„Ich weiß alles, Hans."

Sie beugte sich vor und flüsterte in mein Ohr:

„Sie ist heute Nacht gekommen. Und wie!"

Sie verzog das Gesicht in gespielter Empörung:

„Du musst das doch gemerkt haben, Hans. Du enttäuschst mich. Das bedeutet ja, dass du mich betrogen hast, während wir miteinander schliefen. Ich bin Oliwia, ich, Clara."

„Wunderbar." Immerhin ich konnte wieder reden.

„Komm, lass uns gehen."

„Upstairs to my room?"

"Sure, man," lachte sie.

Ozeanisch umflutete sie mich, nagte an meinen Küsten, drang in jede Zelle, die nicht durch einen Damm abgeschottet war. Ihre Anwesenheit hatte mich damals in Koblenz schon verwirrt. Das hier jedoch erforderte eine Kompetenz, die ich nicht hatte und eine Konstitution, die ich nicht besaß. Ihre Ge-

genwart mit all dem, was ihr anhaftete von damals, von letzter Nacht und vom Augenblick, war elaborierte Entropie. Jedes Mal, wenn sie mir näher als einen halben Meter kam, musste ich zurückweichen.

Die ersten beiden Male sagte sie noch gespielt böse „Hans, Jean, Johannes!", aber dann akzeptierte sie, dass ich, gleich welchen Namens, erst einmal der Kaste *untouchable, intangible* angehörte.

Wilwischken liegt am Haff. Ganz dicht am Haff liegt Wilwischken. Und wenn man von dem großen Wasser her in den Parwefluß einbiegen will, muß man so nah an den Häusern vorbei, daß man Lust bekommt, ihnen vom Kahn aus mit ein paar Zwiebeln - es können auch Gelbrüben sein - die Fenster einzuschmeißen."

Wenn ich an Preußen, die Heimat meiner Großeltern mütterlicherseits und deren Vorfahren denke, kommt mir immer „Die Reise nach Tilsit" in den Sinn. Ich bin mir ziemlich sicher, dass der Roman von Hermann Sudermann in deren Bücherregal zu finden war. Das Buch war, wenn ich mich recht erinnerte, mehrfach verfilmt worden, und ganz dunkel tobte die See in meinen Kindheits- oder Jugenderinnerungen.

Es war merkwürdig, wie sich manche Dinge trotz ihrer völlig diffusen Qualität so beharrlich und eindringlich als Bild und Empfindung festsetzen konnten. „Der Großfischereibesitzer Endrik Settegast betrügt seine Frau Elske mit der eleganten Polin Madlyn, die immer wieder das kleine Dorf aufsucht, um sich mit Endrik zu treffen. Als Elskes Vater Madlyn mit einer Peitsche ins Gesicht schlägt, spitzt sich die Lage zu. Endrik macht Elske große Vorwürfe und fasst den Plan, sie zu beseitigen, um Jons, ihren gemeinsamen Sohn, zu behalten. Obwohl sie weiß, dass er es auf ihr Leben abgesehen hat, fährt sie mit ihm in einem Boot nach Tilsit. Als sie in einen Strudel geraten, wird Endrik sich seines schrecklichen Plans bewusst und steuert das Boot im letzten Moment in eine andere Richtung. In Tilsit finden sie wieder zueinander. Als sie aber betrunken die Rückfahrt an-

treten, gerät das Boot in einen Sturm und abermals in
einen Strudel, der entsetzliche Auswirkungen hat..."
(Jan-Eric Loebe, deutscher-tonfilm.de)

Tilsit am Südufer der Memel gehörte ja nun zu
dem Teil des ehemaligen Preußens, der nach dem
Zweiten Weltkrieg zu Russland gekommen war. Was
früher West- und Ostpreußen gewesen war, mit *früher* ist gemeint vor und während des Zweiten Weltkrieges, war heute Polen, dann ein Streifen Russland
und dann Litauen. Tilsit lag an der äußersten Grenze.
Das Königreich Preußen bestand im Kernland aus
West- und Ostpreußen mit dem Einsprengsel der
Freien Stadt Danzig, dessen Konturen sich aber im
Verlaufe der letzten tausend Jahre erheblich verändert haben und erstreckte sich beispielsweise nach
dem Wiener Kongress 1815 von der Grenze zu Luxemburg und Lothringen bis jenseits der Memel nach
Litauen hinein. Es wäre naiv zu glauben, der derzeitige Grenzverlauf um die Ostsee, der sich ja mit
der Auflösung der Sowjet-Union und der Selbständigkeit von Litauen, Lettland und Estland erst vor
kurzem wieder verändert hat, bliebe so.

Grenzen waren wichtig. Aber wenn man Grenzen falsch zog, gegen gewachsene Strukturen wie
Sprache und Religion, gab es immer wieder Konflikte
und kriegerische Auseinandersetzungen, Autonomiebewegungen, Untergrundterror von Separatisten.
Warum nicht nach Wasserscheiden einteilen? Das
wäre eine Natur gegebene Grenze, die genau so symbolisch aufgeladen wie physikalisch exakt gewesen
wäre. Ligne de partage des eaux, the Great Divide,
die Große Wasserscheide, war natürlich auch die
zwischen Leben und Tod, und das war einer der
Fälle, in der die deutsche Sprache zeigte, dass sie die

Sprache der Dichter und Denker war. Physikalisch fast auf den Zentimeter genau entschied sie, die Wasserscheide, ob ein Tropfen über die Donau im Schwarzen Meer endete oder über den Rhein in der Nordsee. In Europa gab es die großen Wasserscheiden zwischen Kaspischem Meer, Schwarzem Meer, Adria, übrigem Mittelmeer und Atlantik, gedachte Grenze zwischen beiden bei Gibraltar, Nordsee, gedachte Grenze zum Atlantik an der engsten Stelle des Ärmelkanals, Ostsee und schließlich Polarmeer. Interessante Grenzen, interessante und sehr unterschiedlich große Staatengebilde ergäbe das. Europa sähe völlig anders aus und bestünde immer noch aus rund zehn einzelnen den Wasserläufen zugeordneten Gebilden.

An zwei Tagen hatte ich mich aus dem Reiseprogramm ausgeklinkt und versucht, auf den Spuren meiner Vorfahren mütterlicherseits zu wandeln, das heißt mir ging es weniger darum, Spuren von ihnen zu finden, als darum, etwas zu spüren, was darauf hätte schließen lassen können, dass mich etwas mit der Landschaft verbinden konnte. Meine Mutter, die ja noch hier geboren wurde, hatte mir nie allzu viel erzählen können oder wollen, und was ihre Eltern und die Tanten und Onkels dieser Verwandtschaftsseite mir weitergegeben hatten, schlummerte mehr oder weniger deutlich in meinen Kindheitserinnerungen. Ohne Krieg, das war klar, wäre ich nicht zur Welt gekommen, denn meine Eltern hätten sich kaum begegnen können. Er in Metz, sie in Danzig.

So wie es auf der französischen Familienseite, die den Nazis zum Opfer gefallenen Verwandten gab, so gab es auf der preußischen Seite die gefallenen und vermissten Familienmitglieder. Nach dem Zweiten

Weltkrieg und während des Kalten Krieges war es von Westdeutschland aus sehr schwierig gewesen, an Informationen heranzukommen. Ich erinnere mich, dass die Fonciereys, mit der Schmidt-Seite bis in die neunziger Jahre versucht hatten, etwas über verschiedene Schicksale zu erfahren. Da gab es dann Briefe, an die ich mich natürlich nur noch undeutlich erinnerte, die mir bei Besuchen vorgelegt worden waren, die aber alle identisch im Ton und sehr ähnlich in der Aussage waren. Sie kamen von der Dienststelle für die Benachrichtigung der nächsten Angehörigen der ehemaligen deutschen Wehrmacht mit etwa diesem Inhalt.

„Ihr Sohn, Otto Schmidt, geboren am 13. November 1924 in Sagsau, ist am 26. Juni 1944 in Palsas/ Lettland gefallen. Angabe über eine Grablage enthalten die hier vorhandenen Unterlagen nicht. Aus den hier vorliegenden Unterlagen geht hervor, dass er infolge der Kampfhandlungen nicht geborgen werden konnte. Ihr Sohn gehörte zuletzt der Einheit 5. Kompanie Grenadier-Regiment 45 an, die der 21. Infanterie-Division unterstellt war. Diese befand sich zum Zeitpunkt seines Todes im Gebiet Aluskne im Einsatz."

Ich hätte nicht sagen können, dass ich so etwas wie Heimatgefühle empfand, wie auch, es war mir aber keineswegs einerlei. Nur einzelne, winzige Aspekte erkannte ich von Ansichtskarten, Fotos. Mama hatte mir erzählt, dass verschiedene Onkel und Tanten während der ersten Besuche in den siebziger und achtziger Jahren erlebt hatten, dass da, wo einst ihr Haus gestanden hatte, Äcker oder Wiesen waren. Andere hatten nicht nur die Häuser sondern auch die Möbel noch vorgefunden, wie sie vor ihrer Flucht schon in den Zimmern gestanden hatten. Und zumeist freundliche Polen, die gastfreundlich Einlass gewährten.

Und tatsächlich, draußen auf dem Land hatte sich zumindest stellenweise nicht so übermäßig viel verändert, unbefestigte Straßen, auf denen Pferdefuhrwerke unterwegs waren und der Geruch der Pferde das Gefühl der frühen Tage auf dem Bauernhof in Norddeutschland wachrief, Gärten mit schiefen Bohnenstangen, frei herumlaufende Hühner und Gänse, Hunde, die einem nachbellten und rotznäsige Kinder, die einen anstarrten. Aber all das konnte man heute auch noch in Südeuropa sehen, wenn man sich abseits der großen Städte und Touristenzentren bewegte. Nein, das gefiel mir alles ganz gut, das was restauriert worden war, was neu gebaut und was alt geblieben, alt geworden war. Satellitenschüsseln zeigten, wie leicht es war, in verschiedenen Zeiten zu leben, Raum und Zeit waren jedenfalls keine feste Größen, die überall gleich galten.

Fonciereys gab es jedenfalls keine mehr im Telefonbuch von Danzig und wahrscheinlich stand das Gebäude, das einst das Geschäft beherbergt hatte, auch nicht mehr. Ich wusste aber, dass zur weiteren Verwandtschaft, einschließlich der Eingeheirateten, damals auch Namen wie Schmidt oder Droński gehörten. Ich konnte zumindest Stadtteile wie Gdańsk-Wrzeszcz, damals Danzig Langfuhr, wo auch Günter Grass herkommt, besuchen. Dort war früher auch eine Flugzeugführerschule. Sicher war es möglich, in Kirchenbüchern Taufen, Vermählungen, Begräbnisse nachzuschlagen, aber was hätte mir das gebracht. Ich versuchte einfach das Wesen der Gegend in mich aufzunehmen, das Aktuelle zu abstrahieren und mich ins Damals zu versetzen. Es war schon merkwürdig, denn es war fremd, wirkte fremd und fühlte sich fremd an; das Wissen um die Vergangenheit versagte hier häufig.

Und natürlich war mir Zoppot an der Danziger Bucht ein Begriff. Und das Frische Haff, polnisch *Zalew Wiślany*, mit der dazu gehörigen Landzunge, Frische Nehrung, im Westen, mit Gdańsk, das Kurisches Haff, kurse mare, litauisch *Kuršių marios*, Kurische Nehrung mit Königsberg und Tilsit im Osten. Wenn ich mir vorstellte, dass vor einhundert Jahren schon meine Urgroßeltern als Jugendliche sich hier vergnügt, ineinander verliebt haben könnten, wurde mir klar, dass niemand nach mir so an mich denken konnte. Haffs waren immer schon sehr beliebte Badeorte, da das Wasser durch die vorgelagerten Landzungen ruhiger und durch die Flussmündungen auch weniger salzhaltig war.

Clara hatte ihre Badesachen dabei, aus ihrem Hotel mitgebracht. Ich hatte mit ihrer Unterstützung also schnell meine Sachen zusammengesucht, meldete mich beim Reiseleiter ab und wir nahmen ein Taxi zum Strandbad Sopot. Wir waren die Aleja Wojska Polskiego herunter gekommen und am Skwer Kurcynjy ausgestiegen, gleich bei der Seebrücke, Moło, die sechshundertundfünfzig Meter in die Ostsee reichte. Das war alles hier sehr elegant und hatte rein gar nichts mit dem Klischee von „polnischer Wirtschaft" zu tun, ein Ausdruck, den ich von den Großeltern schon ab und an zu hören bekommen hatte.

Es war ein wunderbarer Sommertag im August, wo sich das freie Land in seiner ganzen Reife zeigte mit all den bereits abgeernteten Feldern. Langsam wich die Benommenheit aus meinem Kopf, und Clara hatte akzeptiert, dass wir einfach eine Stunde schwiegen. Wir liefen fast zwei Stunden am Strand entlang Richtung Gdynia, Gdingen oder früher auch Gotenhafen. Es gab so viel zu erzählen und zu erklären, dass man vorsichtig sein musste und dem Druck kontrolliert nachgab.

„Das war alles nicht geplant, Jean, wirklich nicht."

Wir hatten uns schließlich an einer ruhigen Stelle und recht müde niedergelassen, lagen da, bereit, noch mehr auszusprechen.

„Ich weiß heute noch nicht, warum mir die Idee mit der Anwältin kam, das war absolut spontan, glaube mir bitte."

Ich hatte mir vorgenommen, erst einmal nichts zu sagen, sondern sie reden zu lassen, da gab es einiges zu erklären. Sie war vor einem halben Jahr etwa in einem Gespräch mit ihrer Mutter auf ein bestimmtes Geschäft in der Innenstadt gekommen, als ihre Mutter meinte, dieses Grundstück mit dem Gebäude, das damals natürlich noch anders ausgesehen hatte, „gehörte einst unserer Familie". Ich hatte ein Ladengeschäft erfolgreich an eine sehr bekannte und hochrangige Bekleidungskette vermieten können, die Eröffnung hatte für Aufsehen gesorgt, war mit einigem Tamtam verbunden. Ganz am Anfang der Veranstaltung hatte man es sich nicht nehmen lassen, mich als erfolgreichen *facility manager* vorzustellen, was mir peinlich war und mich veranlasste, schnell das Weite zu suchen. Clara und ich konnten uns nur knapp verpasst haben. Wären wir uns da schon begegnet, wer weiß, wie es dann weiter gegangen wäre.

Ein Onkel, der Bruder ihres Großvaters väterlicherseits, „ich erspare dir fürs erste die geradezu undurchschaubaren Familienverknüpfungen", so die Mutter, hatte die Immobilie an meinen Vater vertickt. Clara veranlasste ihre Mutter, die nichts Genaues wusste, jemanden mit Nachforschungen zu beauftragen, der fand logischerweise bald heraus, dass ich mittlerweile der Besitzer war. Aus einem unbestimmten Interesse heraus, womöglich aus schlichter Neugier, wollte sie mit mir Kontakt aufnehmen, war sich aber nicht sicher, wie ich das aufnehmen würde und beobachtete mich.

„Das war gar nicht so schwer, Hans, weißt du, du bist zwar kein Beamter, aber du hast einen sehr geregelten Tages- und Wochenablauf."

„Um nicht mit der Tür ins Haus zu fallen", denn sie hätte keinen wirklichen Grund für ihre Kontaktaufnahme geben können, arrangierte sie das Zufallstreffen in der Tiefgarage, beim Oberlandesgericht, beziehungsweise Grundbuchamt.

„Aber dann kam ich mir auf einmal saublöd vor und tat so, als sei ich Anwältin und handele im Auftrag eines Mandanten. Blödsinn. Hinterher hätte ich im Boden versinken können und war fest entschlossen, mich nie wieder in deine Nähe zu begeben."

Das hielt sie den ganzen Sommer über durch und hatte so gottlob nichts von meiner Beziehung zu Corinna mitbekommen.

„Aber ich konnte dich nicht vergessen, Hans, Jean, du hast mir den Kopf verdreht. Du hast ja durchaus einen gewissen Ruf in der Stadt und ich kämpfte lange gegen meine Gefühle an. Aber es ließ mich nicht los, es war etwas in Gang gesetzt, was sich nicht aufhalten ließ. Bis ich eben vor drei Wochen aufgab und mir sagte, OK, was soll's, hab mich wieder auf deine Fährte gesetzt und gedacht, dass diese Reise eine gute Gelegenheit sei sich anzunähern."

„Als Prostituierte Oliwia. Na prima! Ich gehöre nicht zu diesen Männern, das weißt du, wenn du mich richtig ausspioniert hast."

„Um die Albernheit meines ersten Annäherns aufzuheben, dachte ich mir, ein solches Rollenspiel wäre doch nett, es gab mir und dir die Möglichkeit, zwei völlig verschiedene Menschen zu sein, so dass wir nun sagen können, das war ja ganz nett, aber Hans und Clara waren das nicht und die müssen auch nicht zusammen kommen. Verstehst du, wir könnten, wenn wir wollen, ganz neu beginnen."

Gestalterisches Element, dramaturgischer Effekt: die Pause, die Unterbrechung, die Variation. Höhepunkte brauchten das, sonst konnten sie nicht wirken. Sie arbeitete an einem Kölner Theater als Dramaturgin. Ich war überzeugt von ihrer Kompetenz und Kreativität.

„Ich kann es nicht erklären, Clara, aber irgendetwas ist da zwischen und um uns, das mehr als uns beide umfasst."

Wenn es Krebszellen gab, Zellen, die außer Kontrolle gerieten und wuchsen und wucherten, bis sie alles und an sich selber erstickten, konnte es dann nicht auch Zellen geben, Gene, die sich erinnerten und beschlossen, zu dem zurückzukehren, was sie einmal waren vor langer Zeit? Jemand anderes wieder verkörperten. Und wenn uns eine solche Genkonstellation verband, die vor vielen Generationen geknüpft worden war? War ich ein Individuum, gehörte ich mir selber? War ich nicht nur eine Aktualisierung eines genetischen Programms, das nur dadurch existieren konnte, das es sich ständig mit Licht und Luft und Nahrung materialisierte? Keine streng limitierte sondern imitierte Ausgabe.

Ich blinzelte und versuchte sie durch meine Lidhaare zu mustern. Ein ganz normaler Frauenkörper. Außer ihrem Badeanzug hatte sie nichts an. Merkwürdigerweise erinnerte sie mich nun an die Mädel vom Bostalsee, vom Laacher See. Jede Frau dem Wasser entstiegen. Das gab es auch einmal in einem Bond-Film. So wie Männer, wenn sie weggingen, sich auf ein Pferd schwangen oder in einen Zug stiegen, in See stachen.

Sie war schlank und ihr Körper machte einen trainierten Eindruck, für eine Frau relativ muskulös, nicht im Sinne von dicken Muskelpaketen, sondern, vor allem an den Beinen, mit recht deutlich definierter Muskulatur. Ihre Brüste waren nicht übermäßig groß, aber gut geformt und fest, auch ohne Fishbone

Tank und Push-Up. Keine Anzeichen von Menopause. Anzeichen von Schwangerschaft? Von früheren Schwangerschaften redete ich selbstverständlich. Hätte ich nicht sagen könne:

Wenn mich meine Erinnerung nicht täuschte, hatte sie ihre Schambehaarung bis auf einen schmalen Streifen rasiert. Etwas sagte mir, dass auch sie kinderlos war. Warum ich sie nicht fragte? Da war so viel in mir, dass ich nur nach und nach das ganze Unwissen in präzise formulierte Fragen bringen konnte. Auch ohne Anwältinnenkostüm machte sie einen wirklich überwältigenden Eindruck, und nicht wenige polnische Lümmel hatten die Augen bei ihrem Anblick verdreht. Wenn ich die Augen verdreht habe – und das habe ich – dann weil mir Clara in der mittlerweile dritten Inkarnation gegenwärtig war. Clara, die coole Anwältin, Clara, die polnische Prostituierte Oliwia, und nun endlich Clara, Clara, die natürliche, die echte. Kein Kunststück, nach den beiden Kunstfiguren, echt zu wirken.

„Was ist? Was guckst du so? Erinnerst du dich?"

Sie strahlte. Sie trug heute kein Make-up, hatte blasse, aber wunderschön geschwungene Lippen, die sie, mit gleichzeitigem Hochziehen der Augenbrauen und ihrem spöttischen Blick, zu einem unschlagbaren Ausdruck arrangieren konnte.

„Ich habe im Moment ein Gefühl, als könnten unsere Zellen, unsere Gene sich erinnern und wir können mit unserem Bewusstsein, mit den Erinnerungen nichts anfangen, sind verwirrt."

„Und dennoch dirigieren sie uns? Bestimmen unsere Handlungen?"

Mathematisch nicht ganz korrekt betrachtet müsste die Menschheit, je weiter man in die Vergangenheit schritt, zunehmen: Jeder Mensch hatte zwei Eltern, die wiederum zwei Eltern hatten und so weiter, in der Generation der Urgroßeltern waren das immerhin schon, ausgehend von mir als Eins, plus zwei, Eltern, plus vier, Großeltern, plus acht Urgroßeltern, fünfzehn Personen ohne die jeweiligen Geschwister, Onkel und Tanten, Nichten und Neffen. Nehmen wir an, alle Kinder heirateten jemanden von außerhalb der Familie und jedes Elternpaar hatte zwei Kinder, machte dann, mit mir als Einzelkind, vierzig Personen. Ab einem gewissen Punkt verjüngte sich der Stammbaum jedoch wieder, ob nun tatsächlich bei einem Paar, Adam und Eva, endend, wer wusste das schon.

Seelenwanderung, Karma, Wiedergeburt, das ganze Zeugs, womöglich waren Clara und ich Reinkarnationen eines unglücklichen Paares aus der Zeit der Romantik und erfüllten irgendein Scheiß Schicksal, mussten einen Fluch loswerden. Wie sonst sollte man erklären, dass wir hier gemeinsam am Strand zwischen Sopot und Gdynia lagen? Was und wer hatte uns hierher geführt? Und wozu?

Andererseits, was gab es Vernünftigeres, Ökonomischeres als Variation? Warum immer neu erschaffen, letztendlich war jegliches Leben Variation des im Innersten gleichen Baustoffes. Was die Welt im Innersten zusammenhält. Plus Entwicklung, Ausdifferenzierung, Verfeinerung.

Bei den damaligen Transaktionen war ihre Mutter gelegentlich dabei gewesen und hatte wohl auch ein paar Mal meinen Vater gesehen. Sie muss in dem leichtest entflammbaren Alter der weiblichen Pubertät gewesen sein, zwischen dreizehn und sechzehn, siebzehn vielleicht. Die weibliche Pubertät unterschied sich von der männlichen nicht so sehr durch ihre Vehemenz, sondern eher durch die Richtung. Jungs agierten nach außen, aggressiv, Mädels nach innen, nicht weniger heftig. Was aber schon mal durch „enthemmtes Kreischen bis zur Besinnungslosigkeit" führen konnte. Das sagte sie im vollen Bewusstsein der Pauschalität solcher Verallgemeinerungen, die im Einzelfall logischerweise sogar prägnanter sein konnten als der klischeehafte Durchschnitt.

„Heftige Empfindungen sind jederzeit möglich, in jedem Alter und bei den Buben wie den Madeln. Nicht wahr, Hans?"

„Allerdings, Clara, allerdings!"

Uniformen waren mir vertraut, sollte man meinen, mein Vater war Offizier der glorreichen Französischen Armee gewesen, *les forces armées françaises*, richtig, aber so vertraut mir französische oder deutsche oder auch amerikanische und britische, aus Filmen und der Anschauung von Reisen, so furchterregend waren mir fremde Uniformen. Das schließlich war der Sinn von Uniformen, die eigenen Leute von den fremden, feindlichen unterscheiden zu können. Ambivalenz, Ambiguität und Augenschein, Uniformen machten gleich, indem sie Individualität aufhoben und ein einheitliches Erscheinungsbild erzeugten. Sie machten aber auch unterscheidbar, auf den ersten Blick erkannte man, welche Nationalität, welche Waffengattung, welcher Rang. Individualität gestattete allein die Brust mit dem kleinen Farbenspiel der auszeichnenden Orden und Embleme.

Die Uniform der polnischen Polizisten, die mich abholten, ähnelte in ihrer Farbgebung Grau-Blau-Weiß Bundeswehruniformen und machte mir dennoch Angst. Zu Recht, wie sich herausstellen sollte. Auf einen Dolmetscher hatten sie verzichtet, da einer von den beiden etwas Deutsch sprach. Ich musste mit ihnen auf die Wache fahren. Dort allerdings wartete ein Dolmetscher mit einem Papier, das den Verdacht des versuchten Mordes recht blumig, was die deutsche Übersetzung anbelangte, ausdrückte. Ich begriff nichts.

„Sie werden vorläufig in Untersuchungshaft genommen, es wird Ihnen ein Anwalt zur Verfügung gestellt und dann wird man Sie vernehmen, damit Sie Gelegenheit haben, zu den Vorwürfen Stellung zu nehmen. Das wird wohl alles erst morgen geschehen können."

Da hockte ich nun in einer polnischen Polizeizelle, Gott sei Dank alleine, und wusste nicht, wie mir geschah. Man hatte mich nicht in einen regulären Knast verbracht, sondern in die Arrestzelle auf der Polizeiwache. Das ließ Hoffnung aufkommen und verscheuchte Ängste vor versifften und mit polnischen Knackis überfüllten Gefängniszellen. An den Wänden polnische Krakeleien und skizzierte Frauenleiber mit übergroßen Brüsten und Genitalien. Mein Gott, welche abstrusen Gedanken verirrten sich in meinen Kopf.

Noch gestern hatte alles so vielversprechend ausgesehen, schien sich alles in Wohlgefallen aufzulösen, nachdem Clara mir gebeichtet hatte, und wir gemeinsam ein paar Tage länger bleiben wollten, da ja meine Reisegruppe jetzt wohl schon auf dem Heimweg war. Ich war erkennungsdienstlich behandelt worden, mein Mobiltelefon hatte man mir natürlich abgenommen, sonst hätte ich sie wenigstens anrufen können, und ich hätte jemanden gehabt, der mir bekannt war, dem ich vertrauen konnte. Was um Himmels Willen konnte man mir denn vorwerfen? Versuchter Mord, Schwachsinn, da steckte was anderes dahinter. Hatte ich mich falsch verhalten und ohne es zu wissen, gegen ein polnisches Gesetz verstoßen? Die ganze Zeit war ich nur mit meiner Reisegruppe unterwegs gewesen und hatte nichts anderes getan als alle anderen auch.

Würde man mich morgen gegen ein saftiges Bußgeld freilassen? Warum war Clara heute morgen nicht erschienen? Wir waren verabredet, sie wollte zu mir ins Hotel kommen, ich wollte auschecken, in ihr

Hotel ziehen. Aber sie war nicht gekommen. Und meine Reisegruppe war auch schon auf dem Heimweg.

Da hockte ich alleine hier in einem Knast in Polen. In einer so beschissenen Situation hatte ich noch nie zuvor in meinem Leben gesteckt. Aber Polen war in der EU, das war keine Diktatur mehr, Solidarność ebenso längst Geschichte. Ich durfte nicht die Nerven verlieren, musste Ruhe bewahren, abwarten bis morgen früh und dann mit dem Anwalt alles aufklären.

Missverständnis, das konnte nichts anderes als ein Missverständnis sein, eine Verwechselung. Das Einzige, was nicht auf dem routiniert angelegten und durchgeführten Reiseplan gestanden hatte, war die Begegnung mit Clara. War sie wirklich Oliwia?

Konnte ich hundertprozentige Identität zwischen einem mit den Händen, der Zunge erspürten nackten Frauenkörper und dem nur mit den Augen erfassten und mit Badeanzug bekleideten konstatieren? Das erstere im Dunkeln zudem und in ziemlich betrunkenem Zustand, das zweite bei hellem Sonnenschein und nüchtern.

Hatte sie mir gestern erneut Lügengeschichten aufgetischt? Hatte ihr Nichterscheinen, ihr Verschwinden etwas mit meiner Verhaftung zu tun? Wäre ich verflucht doch nur zu Hause geblieben. Was musste ich mich hier in Polen herumtreiben? Mich mit Prostituierten abgeben, die sich als Clara Schuster ausgaben. Konnte sie mir denn wirklich jeden Mist erzählen, mir jeden Bären aufbinden, mich nach Strich und Faden verarschen!? Wie blöd war ich eigentlich, der ich mich für so absolut smart hielt. Okay, morgen käme der Scheiß Anwalt, alles würde sich aufklären und dann ab nach Deutschland, an

Rhein und Mosel, an meinen Teich und da bliebe ich
erst einmal. Die Rumtreiberei musste ein Ende haben.
Und um Frauen würde ich auch einen Bogen machen, einen großen Bogen.

Irgendwann war ich doch eingeschlafen und
schreckte beim ersten lauten Geräusch auf und
brauchte zwei Minuten, um zu realisieren, wo ich
war. Nach einem sehr lieblosen Frühstück, von dem
ich kaum etwas anrührte, weil ich in Gedanken schon
in einem Café am Markt saß und mir das beste
Frühstück auftischen ließ.

Gegen zehn erschien mein Anwalt, eine Anwältin, die mein „das bitte nicht!" sicherlich missverstan-
den hatte, die mir entsprechend pikiert mitteilte, dass
eine Clara Schuster von einem Auto angefahren worden sei, schwer verletzt in einer Klinik liege und in
einem der kurzen Momente, in denen sie bei Bewusstsein gewesen sei, meinen Namen als den des
Fahrers genannt habe. Als erstes fragte sie mich deshalb, ob ich der Fahrer des Wagens gewesen sei, was
ich vehement abstritt.

„Aber Sie sind sicher, dass es ein PKW war und
kein Eisenbahnzug?"

„Wie bitte? Nein, ein PKW. Frau Schuster konnte
sogar den genauen Typ benennen. Kein Bahndamm,
keine Gleise weit und breit, so weit ich weiß."

Die Vorwürfe und die ganzen Umstände waren,
zugegeben, sehr fragwürdig und wurden durch die
Hin-und-her-Dolmetscherei nicht wirklich erhellt,
Fakt war aber, dass ich zu dem Zeitpunkt des Unfalls
in der Nähe war, dass ich folglich zu Recht fest-
gehalten werden konnte, bis die Untersuchungen
und Befragungen durchgeführt waren. Ich fragte sie
nach der Uhrzeit des Unfalls.

„Um neun Uhr herum."

Jetzt hatte ich also doch eine Anwältin, die ....

„Dann war sie auf dem Weg zu mir, wir waren verabredet."

„Sie kennen sich also tatsächlich."

„Ja, natürlich. Weil meine Reisegruppe heute abgereist ist, ich aber mit ihr noch ein paar Tage bleiben wollte, waren wir ja verabredet, ich wollte in ihr Hotel ziehen."

„Dann haben Sie sich hier kennen gelernt?"

„Nein, nur wieder getroffen, zufällig. Das heißt, oh Gott, sie hatte das so arrangiert, dass wir uns trafen."

Sie hatte das so arrangiert, dass wir uns trafen, wie sich das anhörte. Ich konnte ihr kaum erzählen, um was für ein Arrangement es sich handelte.

„Was ist, was überlegen Sie? Gab es Streit, was könnte Frau Schuster dazu veranlassen, Sie zu beschuldigen?"

„Absolut keine Ahnung. Außerdem habe ich ein Alibi, zu dem Zeitpunkt war ich im Hotel und habe gefrühstückt und auf Clara gewartet, vergeblich. Das können sicherlich mehr als fünfzig Menschen bestätigen."

„Die Polizei hat natürlich das Hotelpersonal befragt, die bestätigen, dass Sie im Hotel waren, im Prinzip, dass Sie seit zehn Tagen dort sind, und immer gefrühstückt haben, mal dort und mal da gesessen haben, mal mit dem und mal mit denen zusammen, reingekommen sind und rausgegangen, aber bei all der Betriebsamkeit, der Vielzahl von Gästen wollte niemand definitiv bestätigen, Sie genau zu diesem Zeitpunkt dort gesehen zu haben. Und den Unfall selbst hat offensichtlich kein Zeuge mitbekommen."

„Aber meine Reisegruppe, ich saß mit den Webers zusammen, die müssen sich doch an mich erinnern."

„Sie wissen, dass Ihre Reisegruppe gerade in
Deutschland angekommen ist. Dass man erst einmal
herausfinden muss, wo die Teilnehmer wohnen, sie
aufsuchen, um sie dann befragen zu können. Das
wird ein paar Tage dauern."

Stille, ich saß sprachlos da, sie las in ihren Papieren.

„Wie geht es Clara, ist sie schwer verletzt?"

Mein Gott, konnte ich nur so herzlos mit meinen
Nöten beschäftigt sein, dass ich keinen Gedanken für
Clara und ihren Zustand übrig hatte?

„Naja, sie hat einen Beinbruch, ist mit dem Kopf
auf die Kühlerhaube geschlagen, zur Seite weggerollt. Schwere Gehirnerschütterung und jede Menge Schrammen und Prellungen. Aber es wird nichts
zurückbleiben."

„Kann ich sie sehen?"

„Wie soll das gehen, Herr Welke. Sie wird Sie
nicht sehen wollen."

„Das heißt, ich muss hier drin bleiben, bis die
Aussagen irgendwann eintrudeln? Ich werde wahnsinnig, ich hab keine Klamotten, nichts."

„Ich habe Ihre Sachen aus dem Hotel übernommen, die Polizei hatte die sichergestellt. Ich kann
Ihnen geben, was Sie brauchen. Ich werde sehen, dass
Sie morgen rauskommen, unter Auflagen natürlich.
Es wäre von Vorteil, wenn Sie jemanden benennen
könnten, der Sie kennt oder ... außer Frau Schuster."

Wie sollte ich hier jemanden kennen? Ahnenforschung betreiben? Um ein paar entfernte Verwandte
aufzutun? Moment, da kam mir etwas in den Sinn.

„Ich glaube, ich kenne da jemanden bei der AHK, der Außenhandelskammer. Wissen Sie, ich arbeite gelegentlich als Trainer, Dozent für die IHK in Koblenz, und ich habe die Bekanntschaft eines Mitarbeiters der deutsch-polnischen Industrie- und Handelskammer gemacht."

„Das ist gut, sehr gut, wir kriegen das schon hin. Soll ich sonst jemanden benachrichtigen, Frau, Familie?"

Wofür hielt sich mich?

„Nein, nein. Ich bin nicht verheiratet und meine Mutter werde ich selbst informieren, wenn ich wieder frei bin."

„Sie sind ein freier Mensch, der halt leider in einem Verdacht steht, den wir aber ausräumen werden, nicht wahr."

Sagte die schöne Anwältin und rauschte von dannen. Und ich stellte mir vor, dass wir beide, Clara und ich, auf der stürmischen Ostsee in ein Unwetter geraten waren. Ich war Einzelkind, ich war Einzelgänger, aber jetzt war ich allein, so klar war mir das noch nie vor Augen geführt worden. Ich bedauerte es nicht, auch wenn ich die ganze Nacht darüber grübelte, ob ich wirklich aus meinem Leben das Beste gemacht hatte bisher. Wie konnte es sein, dass die Begegnung mit einer Frau ein solches Chaos in meinem Leben auslöste? Natürlich war es nicht ihre Schuld, dass sie angefahren und verletzt worden war. Warum jedoch musste sie mich beschuldigen? Zwei Möglichkeiten sah ich, zum einen sie hatte mich erkannt, also musste es einen Doppelgänger geben. Sie hatte ihn gesehen. Hatten die durch den körperlichen Ausnahmezustand der Verletzung virulent pubertären Gene ihrer Mutter sie meinen Vater sehen lassen?

War ich es gewesen, das heißt er, eine weitere Variante genetischer Konstellation, die so aussah wie ich, wie mein Vater und wer weiß sonst noch, ausgesehen haben? Oder einfach nur ein polnischer Doppelgänger. Die gibt es bekanntlich so oft wie es Sechser im Lotto mit Zusatzzahl gab.

Oder sie behauptete nur, mich erkannt zu haben. Irrtümlich und gewissermaßen im Fieberwahn ihrer Gehirnerschütterung. Vorsätzlich? Konnte es sein, dass sie mich vorsätzlich falsch belastete? Nein, nein, das war nicht möglich. Dass sie die äußerst merkwürdigen Rollenspiele inszeniert hatte, gab jedoch zu denken. Sollte es da einen Zusammenhang geben? Nein, das musste ein Zufall sein. Sie hatte einfach Pech gehabt und ein polnischer Rowdy hatte sie angefahren und sich aus dem Staub gemacht. So etwas kam vor. Überall. Immer wieder.

Ich fragte mich ferner, wie voreingenommen wir in unserer Wahrnehmung waren, wie sehr wir das sahen, was wir sehen wollten. Meine französische Verwandtschaft hatte ihren Verwandten in mir erkannt, meinen Vater. Würde die Verwandtschaft hier die Züge meiner Mutter oder eines Onkels aus dieser Linie erkennen? Konnte es ein entfernt Verwandter gewesen sein, der Clara angefahren hatte? Eine launige wie launische Genkonstellation, die ihn mir zum Verwechseln ähnlich machte? War ich deshalb auf Reisen gegangen, um meinen Doppelgängern nachzuspüren, genetischen Duplikaten, Zellimitatoren? Was hatte Mama so hellsichtig in ihrem Märchen fabuliert? Wenn ich der kleine Prinz Johannes war, Clara meine Prinzessin, die es zu befreien galt, wo war dann der Drache, die Hexe, das Böse? Hatte ein Schurke meinen genetischen Code geknackt, sich seiner bemächtigt, um der Prinzessin in meinem nachgemachten Körper nach dem Leben zu trachten? Des Kaisers neue Kleider. Doppelgänger spielen in unseren Märchen keine besondere Rolle, wenn ich mich recht erinnerte. Thema für das nächste Symposium mit Heiner, wenn es eins geben würde. Wenn es aber *out of body* Erfahrungen gab, konnte dann ein anderer in meinen *body* hineinschlüpfen?

Von den Doppelgängern und Märchenprinzen hockte aber keiner hier in der Zelle, sondern ich, Johannes Welke, ich arme Socke, weit entfernt von einem berauschenden *out of body*, sondern *in a cell experience* buchstäblich verhaftet. Eine Verschwörung meiner Doppelgänger, mich auszulöschen, damit sie sich mein Leben, meine Identität, mein Vermögen aneignen konnten. Die Welt steckte voller Verbrecher und Clara gehörte zu ihnen.

Am nächsten Morgen hatte ich mich einigermaßen beruhigt, die Albträume der Nacht fast vergessen, und bald erschien die Anwältin mit dem Kollegen Wiśniewski und nach einigen Formalitäten war ich frei unter Auflagen. Wir gingen zu dritt erst einmal gut frühstücken und dann war er mir dabei behilflich, in ein neues Hotel einzuchecken. In Claras Hotel zu gehen, wäre sicher keine gute Idee gewesen, bevor die Vorwürfe nicht geklärt waren und ich sie nicht gesehen hatte. Es war ein unglaubliches Gefühl, auf die Straße zu treten, die Luft einzuatmen, selbst entscheiden zu können, wohin ich meine Schritte lenkte. Ich konnte gehen, wohin ich wollte – in Danzig natürlich – vorläufig.

Die ersten Aussagen waren bereits eingetrudelt, allerdings noch nicht die der Webers, der ich die größte Bedeutung zumaß. Bei dem Gedanken, an Claras Krankenbett zu stehen und sie zu fragen, wie sie mich denn habe sehen können ..., nein, ich würde ..., ich wusste es nicht. Ich musste abwarten. Es war besser, wenn Unbeteiligte sie davon überzeugen konnten, dass ich nicht in dem Wagen gesessen hatte. Dass sie sich getäuscht haben musste. Ich glaube, ich hatte noch nie soviel Schiss vor einer Begegnung wie vor der nächsten mit Clara. Wenn es eine nächste gab.

Ich hatte das aufmerksame Angebot abgelehnt, den Tag in der Handelskammer zu verbringen, ich wollte am Strand entlang laufen, mich in den Sand legen, in den Himmel schauen, nachdenken über mich, mein Leben, Clara. Abends musste ich mich auf der Polizeiwache melden und erfuhr, dass Claras Mutter mittlerweile angekommen war. Das war eine sehr gute Vorstellung, denn auch Clara lag ja ans Bett gefesselt, also gefangen in einer Klinik, und genauso mutterseelenallein wie ich in meiner Zelle für zwei Nächte, die ich nie aus meiner Erinnerung werde löschen können. Erleichtert und mit der Gewissheit, dass alles wieder ins rechte Lot kommen würde, brachte ich forsch und zu Fuß den Weg ins Hotel hinter mich.

An der Rezeption machte mich die Empfangsdame auf eine Frau in der Lobby aufmerksam. Claras Mutter, das erkannte ich auf den ersten Blick. Sie kam auf mich zu und mir schlug das Herz bis zum Halse, geschwind zu Pferde! Nie in meinem Leben zuvor hatte ich einen so unbändigen Fluchtreflex empfunden, in meinem Kopf schrie es: Hau ab, verschwinde! Und ich hätte nicht einmal sagen können, ob ich selbst verschwinden wollte oder ob sie verschwinden sollte.

„Herr Welke?"

Ich gab ihr zitternd die Hand.

„Entschuldigen Sie bitte meinen Überfall. Es tut mir Leid, wenn Clara Ihnen Unannehmlichkeiten gemacht hat. Es steht ja wohl fest, dass Sie es nicht gewesen sein können, man hat uns die Zeugenaussagen lesen lassen. Aber sie bleibt dabei, dass der Fahrer genau so ausgesehen hat wie Sie. Ich weiß nicht, was ich davon halten soll. Sie ist sehr verwirrt, wissen Sie, und hat immer noch Angst, so lange nicht klar ist, wer es war und was dahintersteckt."

Nach dem ersten Schock der unerwarteten Begegnung, erfüllte mich mit jeder Sekunde des Schweigens wachsende Verlegenheit.

Frau Schuster hatte noch etwas auf dem Herzen:

„Clara glaubt an einen Anschlag auf ihr Leben, sie hat immer noch Angst. Sie waren doch in den letzten Tagen mit ihr zusammen, ist das möglich, ist etwas vorgefallen, was diese Vermutung aufkommen lassen konnte?"

„Keine Ahnung, absolut keine Ahnung, seit ich Ihre Tochter vor ein paar Wochen kennen gelernt habe, ist auch bei mir soviel in Bewegung geraten, ich weiß nicht, was und wer sollte dahinterstecken? Wozu? Wer könnte ihr nach dem Leben trachten?"

Da standen wir in der Lobby, verlegen und ratlos.

„Herr Welke, haben Sie nicht Lust, mich zum Essen einzuladen? Sie kennen sich hier besser aus, denke ich, und wir sollten uns kennen lernen, wir haben, glaube ich, eine Menge zu bereden."

Das hörte sich eindeutig nach Schwiegermutter an. Das wurde alles immer verrückter.

Wir schlenderten also an diesem lauen Sommerabend durch die Danziger Straßen, schlängelten uns um die Stühle und Tische der Cafés, kamen durch Gassen, in denen es wuselte und lachte wie in jeder anderen europäischen Großstadt auch, die eine liebevoll restaurierte Altstadt besaß, die von Touristen wimmelte, die eine große Vergangenheit hatte und eine glänzende Zukunft. Was ich von mir nicht sagen konnte. Mir hätte es genügt, wenn die Verwirrung endlich Vergangenheit gewesen wäre. So nach und nach, Bummelschritt um Bummelschritt kam ich zu mir, begriff aber auch, wie wenig ich in der Lage war, mich der Situation angemessen zu verhalten. Claras Mutter ging also neben mir, redete und fragte, beantwortete und zeigte und machte mich auf dies und jenes aufmerksam. Ich betrachtete sie, sie gehörte zu der Sorte Mensch, die Blickkontakt und Mimik für das Salz in der Suppe der Kommunikation hielten und ausgiebig davon Gebrauch machten. Natürlich erinnerte mich so vieles an ihr an Clara. Das Gesicht der Mutter war eigentlich das gleiche, nur eben älter, weniger elegant und verspielt auch. Sie schien mit beiden Beinen mitten im Leben zu stehen, hatte keine Rosinen im Kopf, wie sie von ihrer Tochter sagte. Das war also Clara, die Vierte. Clara, die Anwältin, Clara, die Prostituierte Oliwia, Clara, die allerliebste Badenixe an meiner Seite, Clara nun endlich zwanzig Jahre älter, ruhiger, reifer. Nicht weniger bezaubernd.

„Du hast Verwandtschaft hier? Ich darf doch du sagen, irgendwie gehören wir zusammen:"

Die Mama verstand sich nicht weniger auf dramatische Effekte als die Tochter, immer gleich zwei Überraschungen bringen, dass man nur perplex reagieren konnte und nicht kontrolliert agieren.

„Ja, nein."

Und das war sogar die richtige Antwort.

„Ja, klar Sie können mich duzen."

„Das ist nicht ganz das, was ich meinte."

„Wieso?"

„Ich habe dir das du angeboten."

„Ach so, ja, sicher, Frau Schuster."

„Marianne. Sag Marianne zu mir, Hans."

„Ja, klar, Marianne. Was wolltest du wissen?

„Ob du Verwandtschaft hier hast, Clara hat so etwas angedeutet."

„Ich kenne niemanden, ist aber möglich, wenn nicht sogar wahrscheinlich. Die Familie meiner Mutter, Foncierey, stammt aus Danzig, die sind 1945 nach Westen geflohen, als, wie es so hieß, der Russe kam."

Ich fragte mich nicht zum ersten Male, warum die einen gingen und die anderen blieben. Waren die mit dem schlechten Gewissen, die Nazis, eher gegangen und die anderen eher geblieben?

„Ich habe im Telefonbuch nachgeschaut, es gibt keine Foncierey mehr hier. Aber jede Menge Schmidts und Droňskis in der einen oder anderen Schreibweise. Von der Urgroßelternebene her wären da Verknüpfungen möglich oder sogar wahrscheinlich."

Es war kurz vor Mitternacht, als ich Marianne zum Krankenhaus brachte. Weil ihre Tochter einmal schon Anstalten gemacht hatte, die man als Vorbereitungen zum Davonlaufen hätte interpretieren können, was nur bös hätte enden können, bekam sie zum einen Abends Schlaftabletten und zum anderen durfte Marianne bei ihr im Zimmer übernachten.

Einen Moment hatte ich überlegt, ob ich sie nicht begleiten konnte, um einen Blick auf Clara werfen zu können, vielleicht auch mit dem Wunsch, endlich die unanständige Vorstellung loswerden zu können, Mutter Marianne sei wieder nur eine Anverwandlung Claras, um erneut zu verführen und mich einen Schritt weiter in den Wahnsinn zu treiben. Klar, Marianne sah älter aus, ihre Stimme war dunkler, sie war kräftiger, aber wer wusste schon, welche Tricks die Frauen draufhatten, welche Streiche einem die Wahrnehmung spielen konnte, wenn man eine Frau begehrte. Deshalb kam ich zu dem Schluss, dass der Gedanke, Clara könnte Marianne sein, eine Entlastungsstrategie meiner Psyche war, gerade weil meine Libido nicht zu übermäßiger Differenzierung in Bezug auf weibliche Physiognomie aufgelegt zu sein schien, sondern sich bedenkenlos bezaubern ließ.

Was für ein Motiv hätte Clara haben können? Das gleiche wie bei der Anwältin-Vorstellung, das gleiche wie bei der Oliwia-Nummer. Halt, stopp, wie bitte schön, hätte sie die polnische Polizei herumkriegen sollen? Was, wenn morgen beide, Mutter und Tochter, verschwunden waren, sich in Luft aufgelöst hatten, entführt worden waren, ich entweder das Lösegeld bezahlen sollte oder als Kopf der Entführerbande verhaftet wurde? Wenn man mich in eine Falle lockte, um sich an mir zu rächen? Rächen, wofür? Ich hatte nichts verbrochen. Blutrache, eine Familienfehde. Die Leichenfledderer und Totengräber, würde Mama sagen, die französischen, waren schuld. Es wurde Zeit, dass ich nach Hause kam.

Während ich zu meinem Hotel zurücklief durch die polnische Nacht, durch die historiengeschwängerte, nachts stärker nach See riechende Danziger Altstadt, schwirrte in meinem Kopf erneut eine komplizierte Familiengeschichte herum.

Kompliziert und Familiengeschichte waren zwar keine Synonyme aber eine Wortkombination, eine Konstellation, die nicht gerade selten zu sein schien. Ein kosmisches Gefühl bemächtigte sich meiner, ich fühlte mich allen verwandt, zur großen Menschheitsfamilie gehörig. Hatten wir nicht alle die gleichen Probleme? Irgendwann war ein Gen in die Welt geworfen worden, teilte und teilte sich seitdem unaufhaltsam, differenzierte sich immer weiter aus und wiederholte sich auf verschlungenen DNA-Pfaden an anderer Stelle. Ich war mir jedoch sicher, wie viele Doppelgänger es geben mochte, keiner von ihnen steckte in den Schwierigkeiten, in denen ich steckte. Wenn es ein Paralleluniversum gab, dann waren meine beiden Universen in mir zusammengefallen. Ein Unglück kommt selten allein.

Schuster – der Name war verantwortlich dafür, dass Clara ihren Vornamen bekommen hatte, in Anlehnung an die für ihre und unsere Zeit äußerst ungewöhnliche Clara Schumann nämlich – hatten in der mütterlichen Linie, also mit anderen Familiennamen, auch jüdische Vorfahren, die im Rheinland gelebt hatten, im Koblenzer, Kölner und Düsseldorfer Raum. Clara Schumann, geborene Wieck, hatte ihren

Nachnamen von Ehemann Robert übernommen, dem romantischen Komponisten, dessen Sinfonie Nr. 3 von 1850 auch die Rheinische genannt wird. Namen sagen immer etwas. Von wegen Schall und Rauch.

Da hatte es einiges an Immobilienbesitz gegeben, unter anderem eben denjenigen, der mir nun gehörte. Auf der Großmutterebene gab es dann eine Tochter, die einen Katholiken heiratete und zum Katholizismus konvertierte. Als sich abzeichnete, dass die Zeit des latenten Antisemitismus nicht mehr allzu lange dauern würde, kaufte einer aus der Katholikenfamilie den Besitz günstig auf, um ihn so wenigstens in der angeheirateten Sippschaft zu behalten. Der katholische Herr Kracht war strammer Nazi, aus Kalkül, wie manche später behaupteten und geheim hielten, und mein Vater war in den Besitz von Beweismaterial gelangt, das detailliert und sehr belastend gewesen sein musste. Auf diese Weise konnte er ihm die Immobilie abluchsen, abnötigen, immerhin konnte Herr Kracht, ein Großonkel von Marianne, auf diese Weise andere Besitztümer in Düsseldorf behalten. Die wiederum waren mittlerweile auch in Mariannes Besitz, den Clara eines Tages erben würde. Marianne war übrigens seit zwei Jahren Witwe und Clara war ihr einziges Kind.

Als ich dann den schicken Laden für mein Objekt gewinnen konnte, war Clara am Eröffnungstag in Koblenz, sie war ja Dramaturgin in Köln, und schwärmte ihrer Mutter von dem Laden vor. Als Marianne meinte, dass sie sich dunkel erinnere, wie früher die Besitzverhältnisse gewesen seien, ließ Clara keine Ruhe, bis Marianne jemanden beauftragte, der nachforschte und so alles in Gang gekommen war, was schließlich dazu führte, dass Clara angefahren im Krankenhaus lag und ich mit ihrer Mutter in einem Danziger Altstadtlokal zu Abend gegessen hatte. Wie aber konnte Clara auf die Idee kommen, dass ihr jemand nach dem Leben trachtete?

Was für ein Interesse hatte sie mir unterstellt? Dass ich Angst hätte, meinen Besitz und mein gutes Leben zu verlieren? Marianne hatte auf Claras Betreiben auch ein juristisches Gutachten anfertigen lassen über die Aussichten einer Klage auf Rückgabe. Der Anwalt hatte gemeint, er übernähme gerne die Klage, denn man musste davon ausgehen, dass bei einem solchen Verfahren nur die Anwälte etwas zu gewinnen hatten. Die Beteiligten waren tot, die Dokumente, die vorlagen, juristisch einwandfrei.

"Clara, musst du wissen, Hans, hat sehr viel Phantasie, sie spielt gerne. Sie sieht überall Geschichten, Stoff, den man entwickeln kann. Sie wollte erst Schauspielerin werden. Aber ich denke, sie ist als Dramaturgin besser. Das Aufgabengebiet ist vielfältiger, sie kann sich mit den Texten, den Schauspielern, den Regisseuren und der Öffentlichkeitsarbeit beschäftigen. Es macht ihr Spaß, Dinge Wirklichkeit werden zu lassen, die vorher nur Stoff waren."

Stoff für Albträume manchmal, für Schmierentheater oder erotische Inszenierungen, das behielt ich für mich. Nicht nur spielen, auch das Ganze drum herum inszenieren, arrangieren, managen, promoten. Ja, Clara musste eine gute Dramaturgin sein.

Am nächsten Morgen kam es mir vor, als hätte ich mein gesamtes Leben in der Kulisse Danzigs verbracht. Weniger, weil es eine überaus schöne und lebenswerte Stadt war, sondern weil das, was ich hier erlebt hatte, so aus meinem bisherigen Leben herausstach, dass alles andere davor zum Leben einer anderen Person gehörte. Inszenierung? Metamorphosen? Johannes I, Jean le deuxième, Hans der Dritte, Janusz Czwarty, Giovanni, Juan, YueHan, Janis, Iwan, 5 - ∞? Der war ich, fast unendlich viele. Denn ich war unsterblich so lange ich lebte.

Reiften meine Zellen, war ein bestimmter genetischer Zug in mir abgefahren, entgleist, verloren gegangen? Mir war, was in mir ständig geschah, gelegentlich ungeheuer. Nicht etwa in der Psyche, im Hirn, sondern in den Zellen, die sich teilten und lebten und starben und neu entstanden.

Die Abreise war arrangiert, die Vorwürfe gegen mich aus der Welt geschafft, Clara hatte ihre Anschuldigung zurückgenommen nicht nur wegen der Aussagen, die meine Anwesenheit im Hotel während des Frühstück, also der Unfallzeit, bewiesen, sondern auch, weil ihr ein Detail eingefallen war. Der Fahrer hatte mit einem Stift nämlich etwas auf einem PDA eingetragen. Mit der rechten Hand neben dem Lenkrad auf dem Armaturenbrett, und da ich Linkshänder war, glaubte sie mir endlich. Gut möglich auch, dass das Aufschreiben auf dem kleinen Bildschirm des elektronischen Speichermediums den Fahrer abgelenkt hatte und Unfallursache war. Was, zugegebenermaßen, nicht die frappierende Ähnlichkeit im Aussehen erklärte. Aber wie lange mochte sie ihn gesehen haben? Einen kurzen Augenblick nur in einem sich bewegenden Objekt, dem Auto, das wahrscheinlich getönte Scheiben hatte.

Mutter und Tochter flogen mit einem Hubschrauber des Roten Kreuzes zurück, während ich einen Flieger nahm. Noch immer hatte ich die beiden nicht zusammen gesehen, noch immer nagte der Verdacht, Clara sei Marianne, an mir. Ich hatte ihn

aber entschlossen mit dem Etikett „Schwachsinn!"
versehen und mir jede Aktion untersagt, die das Un-
sinnige an meinen Unterstellungen hätte belegen
können. Wer so bescheuert war, sagte ich mir, musste
leiden. Was die Zukunft auch bringen mochte, in
welcher Verkleidung sie mich narrte, ich wollte es
riskieren, ich war bereit, auf Gewissheit zu verzichten. Denn das war klar, wie sie mir ihre Motivation
zu erklären versucht hatte, war nicht überzeugend.
Der Zweifel würde mein ständiger Begleiter sein bei
einem Leben mit Clara. Sicherheit gab es nur für die
Bequemen und Halbherzigen. Ich würde Mutter und
Tochter erst in Koblenz wiedersehen. Gleich morgen.

Vom Flughafen nahm ich die Bahn und als ich
endlich Zuhause war, entschloss ich mich in der Stadt
zu bleiben. In dem Objekt, das mir mittlerweile etwas
unheimlich geworden war, hatte ich ein kleines Büro,
zu dem ein Appartement gehörte, das ich als Stadt-
wohnung nutzte. Ich nahm Fremde nicht gerne mit
zu mir nach Hause. Von all den netten Mädels, all
den falschen Prinzessinnen, die ich im Laufe der
Jahre kennen gelernt hatte, waren nur ganz wenige
mit zu mir nach Hause gekommen, in mein Einfami-
lienhäuschen mit Teich am Stadtrand. Nun hatte ich
wohl das Gefühl, ich könne mich selbst in diesem
Zustand noch nicht nach Hause bringen. Das Häuschen, Teich und Garten wusste ich bei Frank, dem
Hausmeister, in besten Händen. Ich würde alles in
einem besseren Zustand vorfinden, als ich es verlassen hatte. Frank präsentierte nach Reisen stets
stolz meinen Garten mit dem Unterton „so könnte
der immer aussehen, wenn Sie mich nur ließen." Ich
ließ ihn nicht, denn wenigstens im Garten gestand ich
mir ein natürliches Maß an Unordnung und gesun-

dem Chaos zu. Damit es anderorts nicht ausbräche. Ich würde meinen Garten demnächst sehr verwildern lassen müssen.

Vier lange Tage und Nächte hatte ich Clara nicht gesehen, bis endlich ein erster Krankenbesuch anstand. Clara hatte in Köln nur eine kleine Wohnung und verbrachte die meiste Freizeit bei ihrer Mutter, die eine Jugendstilvilla am Rhein bewohnte, ein mit Efeu bewachsenes, verwunschenes Schlösschen. Ich stand mit zwei großen Blumensträußen und einem Riesenkorb Obst beladen davor und war unglaublich erleichtert, als ich beide, Mutter und Tochter, endlich zusammen sehen durfte. Clara war leicht pikiert, dass ich mich so freute, denn sie sah noch recht lädiert aus und erwartete zu Recht Mitgefühl. Ein Auge war fast zugeschwollen und tief schwarz, im Gesicht Schrammen, das Bein in Gips.

„Entschuldige, bitte, ich bin einfach überglücklich, dich wiederzusehen. Selbstverständlich tut es mir weh, dich so zu sehen, aber ich weiß, die Schmerzen lassen bald nach, die Verletzungen heilen und du bist wieder ganz okay." Ganz die Alte wäre mir fast rausgerutscht. Dabei war das erneut ein anderes Gesicht Claras, das ich zu sehen bekam. Sie war nicht schuldlos daran, dass ich überall Masken, Verkleidung und Verschwörung witterte. Ich hatte sie nicht zweimal nacheinander gesehen, ohne dass sie sich nicht gravierend verändert hatte. Dass die Anwesenheit von Mutter Marianne gleichzeitig einen Schatten aus meiner Seele weichen ließ, verschwieg ich. Die nächsten Wochen über besuchte ich Clara täglich und die Veränderung in ihrem Gesicht war jeden Tag zu beobachten und ich verliebte mich erneut und mehr und mehr in das, was der Heilungsprozess mir da zurückgab, Clara, die echte, die einzige. Ich fuhr sie mit dem Rollstuhl durch die Gegend und später zur Krankengymnastik.

Mein Leben hatte sich normalisiert, ich ging regelmäßig meinen Aufgaben nach, der Schreibkram, die Büroarbeit machte mich glücklich und stabilisierte mich. Ich nervte Heiner mit ständigen Besuchen in seinem Büro, er war der Einzige, den ich an meinem Glücke teilhaben lassen konnte. Er steckte bis zum Hals in Arbeit, denn sein Landesamt für Vermessung und Geobasisinformation machte bei der aktuell laufenden Neuvermessung Deutschlands mit.

„Wir werden jeden Punkt im Land millimetergenau vermessen, mein Freund, jeden Punkt. Und wir können feststellen, was sich im Laufe der letzten Jahrzehnte und Jahrhunderte verändert hat, wie sich der Rheingraben verschiebt, ob die Eifelvulkane noch aktiv sind."

„Sie sind aktiv, Dicker, und es hat Verwerfungen gegeben, das glaubst du gar nicht. Es haben sich Gräben aufgetan, die bis in die rotglühende Hölle reichen."

Er warf mir einen misstrauischen Blick zu, war einfach zu glücklich mit den Ergebnissen, die zum einen die Messungen ergaben und was zum anderen ich weiter zu berichten hatte. Sie mochten vermessen, so genau und so viel sie mochten, verhindern konnten sie nichts. Keine Verwerfung, keine Eruption, keinen Graben, der sich auftat und mit Erdbeben alles in seinen Grundfesten erschütterte. Aber es war sicher gut, wenn man vorher gewarnt wurde. Sonst konnte man in der unvermeidlichen Katastrophe viel, wenn nicht alles verlieren.

„Schau mal, was ich gefunden habe, Hans."

Ich las: „Alle deutschen Revolutionäre sind große Kosmopoliten, sie sind bereit, eine Weltrepublik zu akzeptieren, aber: Triest und Danzig müssen zu Deutschland gehören. Herzen war der Sohn der aus Stuttgart stammenden Luise Haag und des russischen Adligen Iwan Alexejewitsch Jakowlew. Seine Eltern schlossen keine rechtsgültige Ehe, und so erhielt ihr Sohn den Namen *Herzen,* weil er ein Kind des Herzens sei." Das hatte der russische Emigrant Alexander Herzen 1848 geschrieben, dem Revolutionsjahr in Deutschland und Frankreich. Man mag es kaum glauben, Triest und Danzig deutsch; diese Revolution möge auf sich warten lassen, bis ich nicht mehr lebe.

„Du wirst endlich zur Ruhe kommen, Casanova. Du wirst sehen, wie schön das ist, wenn man seinem Leben einen Sinn geben kann, der über das Materielle hinausgeht. Es gibt nämlich den wahren Genuss, den du Hedonist jetzt kennen lernen wirst."

Als hätte er geahnt, was Clara mir später eröffnete. Sie hatte endlich den Gips ab, die Krankengymnastik war erfolgreich verlaufen und sie hüpfte herum wie ein junges Reh in Masuren.

„Über all den Aufregungen um den Unfall, die Genesung und Rehabilitation habe ich meinen anderen Körperfunktionen nicht die notwendige Aufmerksamkeit geschenkt."

Was sollte das jetzt werden? Nur fünf Minuten zuvor hatte sie mir gestanden, sie sehe zwar ein, dass ich nicht am Steuer gesessen habe konnte, da ja niemand an zwei Orten gleichzeitig sein kann und da außerdem, wo ein Körper ist, kein zweiter sein kann, sie mir dennoch nie ganz werde trauen können, „auf eine gewisse Art und Weise hast du doch am Steuer gesessen, hast du mich angefahren und verletzt." Das verstehe einer. Beste Voraussetzung für das, was nun kommen sollte.

„Um es korrekt zu formulieren, ich habe das Ausbleiben meiner Periode der Aufregung und den Verletzungen zugeschrieben, und bin gar nicht auf die Idee gekommen, dass das eine ganz natürliche Ursache haben könnte."

Eine natürliche Ursache. In meinem Kopf bildete sich ein Blase, die bald zum Bersten prall sein sollte.

„Nein, Clara, das glaube ich nicht."

„So habe ich mir deine Freude vorgestellt, Hans, sehr schön. Ich bin begeistert."

„Aber Clara, Liebling, ich, ich bin sprachlos."

Sie war also schwanger.

„Seit wann?"

„Es muss in Danzig passiert sein."

„Und ich dachte immer, Prostituierte verhüten professionell."

„Das tun sie wohl, mein Lieber, aber du würdest dich ja nie mit einer einlassen, und hast alles von Anfang an durchschaut."

Vielleicht, vielleicht auch nicht. Ich sah sie an:

„Clara, du hast mich mal wieder kalt erwischt, überrascht. Ich bin überglücklich."

Und dann beschlichen mich Bedenken:

„Bist du nicht..."

„Sag jetzt nichts Falsches, Hans. Mit siebenunddreißig ist das heute kein Problem mehr, auch bei einer Erstgeburt nicht."

„Ich wollte nur sagen, dann bist du ja nur unwesentlich älter als ich."

„Bin ich nicht, ich weiß, dass du älter bist als ich."

Da war nun zusammengewachsen, was zusammengehörte, ihre Eizelle und meine Samenzelle, ein neues Individuum hatte sich freigeschwommen, war vom Schicksal gewürfelt worden, hatte angefangen, sich durch Zellteilung zu einer aktuellen Realisation unseres genetischen Materials auszuwachsen. Diese Wendung jedoch schien mir logisch und konsequent, natürlich und richtig, wie kaum etwas in meinem Leben bisher. Hatte ich meine ganzen Vorfahren immer nur als Vorspiel für meine eigene Existenz betrachtet, war nun klar, dass es auch ein Nachspiel gab. Es würde weitergehen, ein neues Kapitel konnte beginnen.

**Continuity – Hitchcocks, Pocahontas
Krimi, 150 Seiten**

Subtile Spannung pur!

Der Krimi ist im Film- und Fernsehmilieu angesie-
delt, Handlungsorte sind das Bavaria Filmgelände,
der Starnberger See und die Alpen. Hauptakteure
sind Eva Kupper, Anfang 30 und das Continuity-Girl,
und Karl Schmidt, Anfang 50, Vater von vier Töch-
tern und Drehbuchautor.

Eine ‚Faschingsnummer' auf dem Filmgelände ist es,
die Eva aus ihrer so erfolgreichen Lebensspur wirft.
Sie hat sich mit einem als Frau verkleideten Manne
eingelassen, dessen Identität sie nicht kennt. Erst
nach Monaten machen sich bei ihr die Folgen be-
merkbar, sie bricht zusammen und ahnt nur dunkel,
wo die Ursachen dafür liegen könnten. Sie bittet Karl
Schmidt, auf dem Filmgelände Nachforschungen
über die Identität des maskierten Mannes anzustel-
len. Kaum hat er damit angefangen, wird eine junge
Frau, die an der gleichen Produktion wie Eva und
Karl arbeitet, ermordet. Niemand vermutet einen
Zusammenhang, aber Karl Schmidt befallen böse
Vorahnungen. Zu Recht, wie sich dann herausstellen
soll.

ISBN: 3-925805-29-X * EAN: 9783925805295

Das Camp
Acht neue Erzählungen

"Das Camp": Regenbrecht schreibt hier aus der Ich-Perspektive eines Schriftstellers - mindestens autobiografische Skizzen mögen also vorhanden sein. Er demonstriert in dieser und in anderen Geschichten, wie er Stilvielfalt produziert, produzieren kann, wie er Perspektiven tauscht, literarische Mittel mixt. Das sorgt für Abwechslung und auch Unterhaltung. Nach und nach spielen sich in dem Schriftsteller-Container auch menschliche Schicksale ab, fast so wie im Privatfernsehen. Es bildet sich ein Pärchen, es entsteht Streit, der Protagonist allerdings schäumt über vor Ideen, leidet jedoch an einer Schreibblockade. Das wahre Leben? Reality? Wohl kaum. Schließlich ist und bleibt Regenbrecht weiter produktiv, wovon auch dieses Bändchen Auskunft gibt.
Da gibt es beispielsweise die erste Geschichte, "Artist an Wodka auf Installation". Bei der Finissage in einem abgelegenen Künstlerhaus kommt es zu alkoholdurchtränkten Verwicklungen. Eingeweihte erkennen vielleicht - was die Kulisse dieser Geschichte angeht - Parallelen zur regionalen Wirklichkeit, wie Regenbrecht überhaupt immer mal wieder Versatzstücke, vage Charakterisierungen von lebenden Personen in seine Fiktion montiert. Die Künstler-Geschichte nimmt eine überraschende Wendung, das Leben der weiblichen Hauptperson nimmt die eine oder andere Kehre.
(Tim Kosmetschke, Rhein-Zeitung Koblenz 14.10.2004)
ISBN 3 925805-30-3 * EAN: 9783925805301